CRISTO

Enredos de amor

BRONWYN JAMESON

HARLEQUIN™

Editado por Harlequin Ibérica.
Una división de HarperCollins Ibérica, S.A.
Núñez de Balboa, 56
28001 Madrid

I.S.B.N.: 978-84-687-8502-8
Depósito legal: M-31300-2016
Impresión en CPI (Barcelona)
Fecha impresion para Argentina: 19.6.17
Distribuidor exclusivo para España: LOGISTA
Distribuidores para México: CODIPLYRSA y Despacho Flores
Distribuidores para Argentina: Interior, DGP, S.A. Alvarado 2118.
Cap. Fed./Buenos Aires y Gran Buenos Aires, VACCARO HNOS.

Capítulo Uno

–Tranquila, nena, no hay prisa. Tenemos todo el tiempo del mundo –Cristiano Verón reacomodó el peso sobre Gisele y la calmó con una caricia en el cuello además de con su voz.

Entre sus piernas, ella se estremeció con excitación contenida, pero el ritmo de su paso se volvió suave y pausado.

–Buena chica –murmuró él. Otra leve caricia de cuello a hombro se hizo eco de su halago.

Gisele era manipulable y siempre estaba dispuesta a complacerlo. Pensó, con cinismo, que era muy distinta al resto de las hembras de su vida, pero eso no apagó su sonrisa. Inspiró el aroma primaveral. Un sol glorioso le calentaba la espalda y los brazos por primera vez en semanas. Cuando balanceó el taco de polo y oyó el ruido del contacto con la bocha, la adrenalina surcó sus venas.

No era mejor que el sexo, pero estar en la cancha de polo, incluso practicando solo, ocupaba el segundo puesto en la escala de placeres personales de Cristo.

Últimamente habían escaseado las oportunidades de placer. No recordaba el último fin de semana que no había dedicado a negocios u obligaciones familiares, o el último domingo que había pasado en su finca de Hertfordshire. Echaba de menos sus establos, sus caballos y la pasión y agresión controlada del juego.

Con una leve presión de los muslos, Cristo guio a su yegua favorita para que realizara una serie de giros. Como siempre, respondía a cada orden sin resistirse. Si eso fuera así con…

Cristo entrecerró los ojos al ver a una figura solitaria en el centro de la cancha de práctica. No una de las féminas empeñadas en volverlo loco, sino un pariente cercano.

Hugh Harrington, el prometido de su hermana.

Resignándose a ser interrumpido, Cristo maldijo por lo bajo, pero sin rabia. No era que no le gustase su futuro cuñado. Hugh había perseguido a Amanda con el mismo empeño que demostraba en la cancha de polo y esa actitud se había ganado la aprobación de Cristo. Si Hugh estuviera allí con ropa para jugar al polo, Cristo habría recibido su compañía con entusiasmo. Pero el joven llevaba traje y su agraciado rostro exhibía una expresión agria.

Cristo predijo que había surgido otro drama relacionado con la boda, que se había convertido en un circo de dimensiones monumentales. Como era él quien firmaba los cheques, también tenía que aguantar las crisis diarias que le llegaban por Amanda y su madre.

Se recordó que todo acabaría pronto. Amanda superaría la histeria prematrimonial. Vivi reemprendería su búsqueda de un quinto marido. La vida volvería a la normalidad.

Solo veintiocho días más.

Detuvo a Gisele y alzó una ceja.

—Creía que estabas mirando una propiedad en Provenza.

—Acabé la estimación, volé de vuelta anoche —dijo

4

Hugh. Cuadró los hombros–. Siento interrumpir tu práctica, y más en domingo. No te entretendré mucho, pero tengo que hablar contigo.

–Eso suena mal. ¿Qué es esta vez? –preguntó Cristo–. ¿Las rosas se niegan a florecer? ¿El encargado del catering ha dimitido? ¿Otra dama de honor se ha quedado embarazada?

–No una dama de honor –el rostro bronceado de Hugh palideció.

–¿Amanda?

–No, otra mujer. No sé quién es –dijo Hugh–. Solo que es australiana, que llamó cuando yo estaba fuera y que dejó un maldito mensaje en mi buzón. Dice que está embarazada.

–¿Estás diciendo que esa mujer espera un hijo tuyo?

–Eso dice, pero es pura basura.

–Dices que no sabes quién es –Cristo habló lentamente, con incredulidad y enfado–. ¿Es que no la conoces?

–¿Cómo puedo decirlo con seguridad? Sabes que este año estuve casi un mes en Australia, preparando la venta de la finca de Hillier.

Hugh viajaba a menudo como representante de la empresa familiar, pero Cristo recordaba ese viaje en concreto por la desolación de su hermana ante la larga ausencia de su amado.

–Conocí a cientos de personas –dijo Hugh.

–Algunas de ellas mujeres, sin duda.

–Es posible que conozca a esa mujer, pero su nombre no me dice nada. Desde que le pedí matrimonio a Amanda no he mirado a ninguna otra. ¿Por qué iba a arriesgar mi felicidad?

De no ser por su cinismo hacia el amor y el matrimonio, Cristo podría haber aceptado el ardiente discursito. Pero creía en lo que decía su padrastro: «Cuando el río suena, agua lleva».

—¿Alguien más sabe esto?

Hugh negó con la cabeza.

—¿No se lo has dicho a Amanda?

—¿Bromeas? Sabes que está de los nervios con los preparativos para la boda.

Por desgracia, Cristo lo sabía bien.

—Se merece que sea un día perfecto. ¿Y si esa mujer aparece aquí el día antes de la boda?

—¿Qué piensas hacer? ¿Darle dinero?

Hugh parpadeó, atónito, como si no hubiera considerado esa posibilidad.

—No sé qué hacer. Habría consultado a Justin, pero está en Nueva York saneando la reputación de los Harrington. No puedo cargarlo con un problema más, por eso he venido a pedirte consejo.

Cristo asintió con la cabeza. Además del duelo por la muerte de su esposa, el hermano mayor de Hugh estaba lidiando con un escándalo interno en las oficinas americanas de la venerable empresa de su familia. Y, según los rumores, pintaba mal.

—¿Por qué a mí? –Hugh movió la cabeza–. Debe de haberme elegido por alguna razón.

—¿Ha mencionado el dinero? –preguntó Cristo. Miles de millones eran una muy buena razón.

—No dijo mucho. Solo que llevaba intentando localizarme una semana e incluso deletreó su nombre, como si eso tuviera importancia. Luego dijo: «Estoy embarazada».

—Suena como una mujer muy directa.

—Sonaba como una mujer muy irritada. ¿Qué hago, Cristo? No puedo arriesgarme a que Amanda se entere, ni puedo ignorar este… —Hugh se mesó el cabello y suspiró—. Puede que sea un malentendido. Tal vez debería de llamarla.

—¿Tienes su número de teléfono?

Hugh sacó una hoja del bolsillo de la chaqueta. Cristo vio cómo le temblaba en la mano. A pesar del bronceado veraniego tenía el rostro macilento. Pensó que tal vez el antiguo conquistador Hugh Harrington, a quien su hermano Justin había tenido que sacar de líos varias veces, había tenido una aventura en aquel largo viaje de negocios.

Lejos de casa, unas copas de más, una mujer bella… Tal vez eso explicara que no le hubiera dicho nada a Amanda ni llamado a la mujer. Tal vez estaba allí haciéndose el inocente con la esperanza de que Cristo arreglase el problema. Sabía que él haría cualquier cosa para garantizar la felicidad de su hermana.

—¿Vas a llamarla? —preguntó Hugh.

—Tenía un viaje a Australia programado para principios de junio. Puedo adelantarlo. Sería mejor verla en persona y cuanto antes. Para descubrir qué quiere.

—¿Harías eso por mí?

—No —contestó, seco—. Lo haré por Amanda.

Se inclinó y le quitó el papel a Hugh. «Isabelle Browne», leyó. Seguía un número de teléfono y lo que parecía un nombre de empresa. ¿A Su Servicio? —estrechó los ojos—. ¿Es una agencia de chicas de compañía?

—No tengo ni idea. Es lo que decía en el mensaje. No significa nada para mí —Hugh alzó la cabeza y lo miró alarmado—. ¿No me crees?

–No es que no te crea, pero prefiero asegurarme en persona.

–¿Intentando encontrar a esa Isabelle Browne?

–La encontraré –corrigió Cristo con voz letal–. Y descubriré la verdad antes de permitir que mi hermana camine hacia el altar. Si estás mintiendo, no habrá pago, ni ocultación de la verdad, ni boda.

–He dicho la verdad, Cristo, te lo juro.

–Entonces no tienes de qué preocuparte, ¿no?

Isabelle Browne llevaba veinticuatro horas convenciéndose de que no tenía que preocuparse. El hombre que la había contratado como ama de llaves para la semana siguiente era director ejecutivo y presidente de una aerolínea privada. Cualquiera de los clientes de Chisholm Air podría haberla recomendado, era justo el tipo de gente que utilizaba A Su Servicio para organizar sus visitas cuando iban a Australia. No era la primera vez que alguien daba su nombre. Era increíblemente buena en su trabajo.

Pero él había llegado con casi una hora de adelanto, pillándola desprevenida y reavivando su inquietud. Cerró los ojos e inspiró profundamente.

–Es un cliente más –murmuró para sí–, con suficiente dinero y seguridad para no aceptar un no como respuesta.

Más tranquila pero no menos intrigada, Isabelle se acercó a la ventana para ver mejor al hombre que bajaba del coche. Apagó su iPod y se quitó los auriculares. La alegre música la había animado mientras preparaba la casa, pero en ese momento le parecía inapropiada.

El tema de la película *Tiburón* habría encajado mucho mejor.

Sintió una punzada de calor en el vientre al verlo bostezar y estirar las largas piernas, como un gato al sol. No era frío como un tiburón, Ni tenía nada de gris. Desde el pelo castaño con reflejos dorados, a los mocasines de cuero, parecía encajar perfectamente en el patio de la casa de estilo mediterráneo. Su música de entrada debería de ser Ravel, o tal vez salsa sudamericana. Algo intenso y vibrante, con ritmo de sol y verano. Algo adecuado para un dios romano.

«¿Un cliente más?», sonrió con ironía, «ojalá lo fuera».

El nombre Cristiano Verón tendría que haberla preparado para alguien más exótico que el típico magnate británico. Pero se había centrado en su dirección de Londres y en que hubiera hecho la reserva solicitándola a ella en concreto, justo después de la llamada a ese otro teléfono londinense. Movió la cabeza e intentó tranquilizarse. «Es una coincidencia, Isabelle, Londres es una ciudad muy grande».

A no ser que el Apolo que había abajo le hiciera cambiar de opinión, le concedería el beneficio de la duda y supondría que no tenía nada que ver con Hugh Harrington. No se dejaría llevar por la paranoia. Observó cómo se inclinaba para sacar el equipaje del maletero; tenía un trasero fantástico y no pudo dejar de mirar.

Él se enderezó, con una maleta en la mano, e Isabelle vio su rostro. Pómulos angulosos, labios llenos y gafas de sol de aviador. Giró para cerrar el coche y deseó poder verlo sin gafas.

Como si hubiera percibido su deseo, él hizo una

pausa para quitárselas y colgarlas del cuello del suéter marrón chocolate. Después miró hacia la ventana en la que estaba ella.

–No puede haber sabido que lo observaba –murmuró ella, tras dar un rápido paso atrás–. No puede haberme visto.

Con el corazón desbocado, miró entre las cortinas de terciopelo color rojo, pero ya no lo vio. Sintió una ridícula punzada de decepción. Soltó la cortina que aferraba con los dedos y, lentamente, su cerebro volvió a ponerse en marcha.

No lo veía porque él iba hacia la entrada, donde ella debería de estar, serena y compuesta, para recibirlo. Miriam Horton la despellejaría si Cristiano Verón tuviera que esperar en la puerta. Se miró los pies y soltó un gritito. Más aún, si abriera la puerta en zapatillas.

Agarró los recatados zapatos que completaban el uniforme de ama de llaves de A Su Servicio y corrió escaleras abajo.

Cristo había visto a la mujer cuando cruzaba la verja que daba al patio. No claramente, solo una silueta femenina que parecía estar bailando tras una ventana de la planta superior.

Intuyó que era Isabelle Browne. De repente, olvidó el largo viaje y el trabajo que había realizado durante el vuelo. Toda su atención se centró en la mujer que había dentro de la casa.

Cuando había descubierto que A Su Servicio era una empresa privada de servicios domésticos que utilizaban los ricos de Melbourne y sus visitantes internacionales, había entendido el posible vínculo con Hugh Harrington. Su intuición no solía fallar. Se puso en contacto con la agencia para que le reservara una casa y luego dijo que un amigo le había recomendado a Isabelle Browne. Funcionó.

–Me temo que está de permiso –había explicado el gerente–. Pero tenemos otras amas de llaves con referencias excelentes.

–A no ser que esté de baja por enfermedad –había dicho Cristo–, tal vez podría persuadirla para que aceptara el trabajo.

–Lo siento, señor Verón, pero ya ha rechazado una oferta de trabajo esta semana.

–¿Le ofrecieron el doble de la tarifa habitual?

El lenguaje del dinero, como siempre, era el más dulce. Menos de una hora después el gerente de A Su Servicio lo telefoneó. Ella había aceptado.

Mientras sacaba la maleta había percibido que lo observaba. No pudo evitar preguntarse si había hecho lo mismo con Hugh. Si lo había seleccionado como posible víctima para la trampa del embarazo.

Cuando se volvió hacia la casa no pudo evitar mirar la ventana. No la vio, pero supo que estaba allí, detrás de las cortinas. Sintió un zumbido de excitación en las venas.

–Tal vez, Isabelle Browne… –estrechó los ojos y una leve sonrisa curvó sus labios– vayas a enfrentarte a más de lo que esperabas.

11

Capítulo Dos

En el aeropuerto Cristo había recogido llaves, coche, instrucciones y una buena dosis de halagos del director de A Su Servicio. Ya había perdido bastante tiempo con eso, no iba a perder más en la puerta. Cuando nadie abrió a la primera llamada, utilizó su llave. La pesada puerta se abrió con suavidad y entró en el vestíbulo.

Una mujer, Isabelle Browne, supuso, estaba al pie de la escalera. Apoyada en una pierna y con la mano en la barandilla para equilibrarse, parecía estar cambiándose de calzado. Era la explicación lógica de sus pies desemparejados; una zapatilla de borreguillo y un sobrio zapato de cordones.

Escondió el segundo tras la espalda y se enderezó. Era más bien baja. Cristo la miró.

Era bonita, de aspecto saludable. Pelo rubio arenoso, retirado de la cara, frente alta y lisa y ojos anchos y con expresión de sorpresa. Mejillas sonrojadas, labios entreabiertos y sin maquillaje aparente. En cuanto a su cuerpo, no se sabía. Llevaba un poco favorecedor uniforme, con delantal almidonado incluido.

No parecía una seductora.

No era, en absoluto, el tipo de mujer de Hugh Harrington.

Cuando volvió a mirar su rostro, Cristo notó un destello de irritación en sus ojos. Tal vez debido a su largo escrutinio. O a no estar lista.

–Bienvenido a Pelican Point, señor Verón –lo saludó. Soltó la barandilla e inclinó la cabeza. La mano que sostenía el zapato siguió oculta–. Siento mucho no haber estado en la puerta para recibirlo.

–No hace falta que se disculpe –Cristo llegó a su lado en seis zancadas. Le ofreció la mano con una sonrisa–. Soy Cristo Verón.

Ignorando la mano y la sonrisa, ella volvió a inclinar la cabeza.

–¿Puedo ocuparme de su maleta, señor Verón?

Cuando se acercó, él ladeó el cuerpo para bloquearle el camino. Su mano le rozó el costado y ella se apartó de golpe, sonrojándose.

Él se preguntó si también había sentido la corriente eléctrica del contacto.

–Lo siento, señor Ver…

–Por favor, llámame Cristo –interrumpió él, dejando la maleta en el suelo. Se preguntó si habría habido un cambio de última hora. Si la señorita Browne había rechazado la oferta de salario doble–. ¿Eres Isabelle?

–Señorita Browne.

No había habido cambio de planes. Cristo pensó que era una pena porque la señorita Browne no era el tipo de mujer que había esperado.

–¿Eso no es demasiado formal?

–A Su Servicio prefiere la formalidad –contestó ella, tan recatada y rígida como su atuendo.

–Pero, ¿y tú, Isabelle? ¿Prefieres tanta formalidad? –señaló el desafortunado uniforme gris mientras la rodeaba. Recordó su impresión de haberla visto bailar ante la ventana, el movimiento de sus brazos y el bamboleo de sus caderas. Se inclinó para recoger la zapatilla que había en el escalón–. ¿O es esto más de tu gusto?

–No importa que me guste o no el uniforme –contestó ella, algo irritada–, tengo que llevarlo.

–¿Y si prefiero una vestimenta más informal?

–Tendría que preguntarle qué tiene esto de malo –miró el informe vestido y luego a él, con cierta suspicacia–. Me lo proporcionan, es útil y…

–¿Feo? –apuntó él mientras ella buscaba una palabra adecuada.

Alzó la cabeza con sorpresa y sus ojos se encontraron un instante; los de ella cálidos y chispeantes de humor. La transformación fue impresionante. Cristo no pudo evitar imaginarse el efecto que tendría su sonrisa en un hombre desprevenido.

–Iba a decir cómodo.

–¿Incluso el calzado?

–Lo siento. No esperaba que llegase tan pronto –la consternación borró la sonrisa de sus ojos–. Ni que abriera la puerta. Yo…

Apretó los labios y dejó de defenderse. Cambió el peso de un pie a otro y él notó que estaba molesta consigo misma por haberle dado explicaciones. Seguramente iba contra las normas.

–Si las zapatillas te resultan más cómodas, utilízalas –Cristo le ofreció la zapatilla con una sonrisa. Bajó la voz una octava–. No me chivaré.

Durante un momento ella se limitó a parpadear pero sus largas pestañas no consiguieron disimular la confusión de sus ojos avellana. La había desconcertado. Y ella no era como él había esperado.

–De acuerdo –a pesar de su deje de incertidumbre, asintió y cuadró los hombros–. ¿Quiere que le enseñe la casa ahora?

–Desde luego –aceptó Cristo–. En cuando acabes de calzarte cómodamente.

Don «llámame Cristo Verón» no se parecía en nada a los clientes habituales de A Su Servicio, pensaba Isabelle cuando bajó la escalera treinta minutos después. Lo del uniforme y los zapatos solo había sido el principio. Durante la vista a la espaciosa casa había prestado cortés atención, pero había tenido la sensación de que estaba más pendiente de ella que de lo que lo mostraba.

En más de diez años como ama de llaves ningún cliente la había inquietado tanto. Ni ningún hombre en sus veintiocho años de vida. La había desequilibrado desde que entró por la puerta y la pilló sobre una pierna, como un flamenco.

No era solo porque la hubiera pillado desprevenida ni por su curiosidad en cuanto a por qué la había solicitado a ella en concreto. Ni tampoco por su impresionante atractivo. De cerca había visto que el leve bulto de una antigua rotura interrumpía la línea recta de su nariz, y tenía una cicatriz en una ceja.

Pequeñas imperfecciones que equilibraban la sensual belleza de su boca perfecta y el tono grave de su voz. Recordatorios de que no era un dios, sino un hombre.

Isabelle se recordó que no era cualquier hombre, era un cliente. La voz de miel tostada y cómo suavizaba la «s» al decir su nombre no eran asunto suyo. Incluso si no fuera un cliente, no lo serían. Su vida estaba desbordada en ese momento. Había pedido un permiso para decidir qué hacer a continuación, pero no había podido rechazar el dinero que implicaba ese trabajo.

No había esperado sentir atracción por él. Suspiró. Estaba bien, más o menos, mientras se mantenía a distancia de ella. Pero cuando se acercaba demasiado o la miraba largamente, sus hormonas iniciaban un ridículo bailoteo. Reflexiva se puso la mano en el vientre. Había habido demasiados de esos momentos, en los que había olvidado su actitud de ama de llaves profesional y tartamudeado. O dado un traspiés.

El último había sido un momento antes, en sus prisas por salir de su dormitorio. Él había empezado a quitarse el suéter, de camino al cuarto de baño; el atisbo de músculos largos, piel olivácea y vello oscuro y sedoso había sido más que suficiente. No necesitaba ver más facetas interesantes de Cristo Verón.

Era un hombre impredecible, y peligroso.

—Todo irá bien —se dijo, abanicándose el rostro acalorado, de camino a la cocina, su santuario—. Estará aquí una semana. En viaje de negocios.

Isabelle conocía la rutina. Largas reuniones, comidas en restaurantes; a veces pasaba días sin apenas ver a sus clientes. Solo necesitaba algo de tiempo para acostumbrarse a él y a su trato, familiar en exceso.

No tenía duda de que estaba flirteando con ella, pero Cristo Verón tenía pinta de ser uno de esos que flirteaban incluso dormidos. Igual que ella estaba poniendo la masa de los hojaldres perfectamente alineados en la bandeja del horno.

Encendió el horno y limpió la encimera. En la cocina ella tenía el control y estaba a gusto con el mundo. Era una mujer: imposible no sentir atracción por Cristiano Verón, racionalizó. Podría manejar cualquier cosa que él le lanzara, siempre que no fuera otra prenda de ropa.

Inquieta por la posibilidad de un *striptease*, Isabelle había huido del dormitorio sin preguntarle si prefería té o café, así que hizo las dos cosas. Puso la mesa en el rinconcito para desayunos que ofrecía una vista espectacular de la bahía de Port Phillip y para cuando oyó sus pasos ya había llevado una bandeja de sándwiches de carne asada y lechuga, pastas de almendras y pastel de limón. Las tartaletas de hojaldre se enfriaban en la encimera. Todo estaba perfecto.

Se secó las manos, estiró su delantal y tomó aire. Iba a comportarse como una profesional: ni tartamudeos, ni tropiezos ni miraditas.

Él cruzó el arco con el pelo aún húmedo tras la ducha. Mojado, oscuro y más largo de lo que ella había creído. Las puntas le rozaban el cuello.

Había algo indefiniblemente íntimo en saber que minutos antes había estado desnudo bajo la ducha. Llevaba puestos pantalones oscuros y una inmaculada camisa blanca, pero ella se estremeció al pensar en esa piel desnuda y mojada. No fijó la mirada en su mandíbula recién afeitada ni en cómo su nariz se ensanchaba olfateando el aire. Pero entonces él agarró un hojaldre de la bandeja y lo pasó de una mano a otra, como si juzgara su temperatura; el contraste entre la delicada tartaleta y sus enormes manos la impactó.

Él se la metió en la boca y farfulló algo ininteligible, tal vez en otro idioma. Pero su significado quedó

17

claro en el destello cálido de sus ojos y en cómo se besó el dedo, satisfecho.

Un gesto halagador y muy europeo que desató otro baile hormonal en Isabelle. Se sacudió para volver a su mundo, en el que un ama de llaves no miraba las manos y la boca de su patrón fantaseando sobre cómo sería sentirlas en su piel.

Cuando estiró el brazo para agarrar una segunda tartaleta, ella apartó la bandeja.

—¿Eso es un castigo? —sonrió él—. ¿O es que solo está permitido comer una?

Ella, sin mirar esa sonrisa que la dejaba sin palabras, transfirió las tartaletas a una bandeja de servir y la acercó hacia él.

—A su disposición —lo invitó ella.

Él alzó una ceja interrogante. Un brillo malicioso chispeó en sus ojos. Isabelle se dijo que tenía que vigilar su lengua, no decir nada que pudiera tener un segundo sentido.

—Son todas para usted —dijo, cautelosa—. Y eso —señaló la mesa—. ¿Prefiere té o café?

—¿Has hecho tú las pastas, Isabelle? —preguntó él, tras echar un vistazo a la mesa.

—Sí. Todo es casero —consiguió contestar. Por el rabillo del ojo lo vio moverse y apoyar la cadera en la encimera. Su silencio la inquietó—. Hago las pastas con la receta de mi abuela.

—¿Te enseñó ella a cocinar?

—Me lo enseñó todo.

Era una afirmación sencilla, pero tan cierta que Isabelle se arrepintió de ella. Una de las cosas que le gustaba de su trabajo era no hablar de sí misma, limitarse a ser una herramienta invisible en una casa bien provista. Eso y trabajar en cocinas fabulosas y bien equipadas.

–¿Es buen momento para hablar de los menús? –le preguntó.

–¿Qué necesitas saber? –seguía mirándola a ella, en vez de a las hojas que había extendido sobre la encimera.

–Me será más fácil planificar si conozco su horario –dijo Isabelle–. Prefiero saber con antelación qué comidas desea que prepare, cuándo comerá fuera y si espera tener invitados.

–Hoy cenaré fuera. Tengo una reunión dentro de… –consultó su caro reloj de pulsera– cincuenta minutos.

–¿Dónde es la reunión? –preguntó ella automáticamente–. A esta hora del día se tarda más de una hora en llegar al centro financiero.

–No es allí. Es en Brighton. Pareces bien informada.

–Soy de aquí. ¿Necesita instrucciones para llegar? Tengo un callejero…

–Gracias, no hace falta. Mi coche tiene GPS.

Lógico. Isabelle se habría abofeteado. Se había centrado tanto en el hombre que no había prestado atención al coche. Debía de ser tan elegante, caro y europeo como su conductor.

–¿Llegaré en cuarenta minutos? –preguntó él.

–Yo diría cuarenta y cinco, mínimo, por si acaso.

–¿Eres una de esas personas cuidadosas que siempre tiene en cuenta la posibilidad de imprevistos, Isabelle? –consiguió atrapar su mirada de nuevo.

–Creo que es eficiente. Y sensato.

–¿Igual que tu sensato y eficiente uniforme?

En realidad no lo era, pero Isabelle no quería entrar

en el tema de las formalidades de nuevo. El informe vestido gris era feo, pero adecuado.

–Siguiendo con las comidas. ¿Podríamos hablar de sus preferencias?

Deslizó la lista de desayunos por la encimera; él le echó un vistazo rápido y se la devolvió.

–Zumo de naranja, huevos pasados por agua. Beicon, crujiente pero no tostado. Café colombiano, solo.

«Puede ser eficiente si quiere. Alabado sea Dios», pensó ella.

–¿Y para el almuerzo de mañana?

–Lo dejaré en tus manos –ni siquiera se molestó en mirar la lista.

–¿En mis manos? –frunció el ceño–. Debe de tener algún requisito, alguna preferencia.

–Solo una –con un movimiento grácil, se enderezó y tocó el cuello redondo e infantil del vestido con los nudillos–. Esto debe desaparecer.

–Pero se me exige que…

–Creo que te pago lo suficiente como para tener derecho a mis propias exigencias, ¿no te parece?

Isabelle asintió con rigidez y tragó saliva. Estaba demasiado cerca de ella, invadiendo su espacio personal. Su voz sonó ronca al hablar.

–¿Cuáles son sus exigencias, señor Verón?

–Para empezar, nada de ceremonias. No tienes por qué llamarme señor Verón.

–Pero…

–Me llamo Cristo –dijo tras silenciarla poniendo un dedo en sus labios–. Empecemos por ahí y seguiremos avanzando, ¿de acuerdo?

Desconcertada por el inesperado contacto, deseando entreabrir los labios, Isabelle lo miró un segundo antes de recuperar el habla.

–Puedo intentarlo –dijo, con voz entrecortada.

–Me das la impresión de estar muy capacitada, Isabelle. Seguro que te acostumbrarás.

Isabelle no estaba segura de querer acostumbrarse a la intimidad de utilizar nombres de pila y seguir avanzando. Pero, como él había dicho, era el jefe y pagaba con generosidad casi obscena, así que asintió con desgana.

–¿Qué quieres que me ponga en vez del uniforme?

–Cualquier cosa con la que te sientas cómoda –dijo él, tras pensarlo–. Siempre que no sea gris.

Isabelle podía olvidarse del gris, pero no se imaginaba sintiéndose cómoda con ese hombre. Su cuerpo seguía ardiendo tras el leve roce de sus dedos en los labios. Además, había visto el brillo malicioso de sus ojos mientras consideraba la respuesta sobre su atuendo para trabajar.

Tal vez se la había estado imaginando sin uniforme. O con lencería sexy e impúdica. Lo observó alejarse.

Su forma de andar, igual que otras muchas cosas de Cristo Verón, era segura y cautivadora. Capturó su atención hasta que la puerta se cerró. Maldijo al hombre mentalmente. Era como un campo magnético de un metro ochenta y dos de altura, sexy y con voz densa como el sirope.

Debería de haberse alegrado de su marcha, pero fue como si su partida la hubiera desmadejado. Se sentó. Recordó la última parte de la conversación y se recriminó por no haberle preguntado el porqué del extravagante salario doble y quién la había encomiado tanto como para que no hubiera aceptado a otra persona.

No podía preguntárselo a Miriam Horton. A Su Servicio tenía una política estricta en cuanto a hablar de los clientes, pero dado que él había sacado el tema, debería de haber aprovechado el momento. Lo haría a la siguiente oportunidad.

Fortificada por su decisión, recogió la comida que él ni había tocado y fue a comprar provisiones para el desayuno. Específicamente el café que había pedido. Se le ocurrió desviarse y pasar por su casa para recoger ropa cómoda y no gris, aunque no esperaba ver a su cliente hasta el desayuno del día siguiente.

Pero pensó en su hermana y en las preguntas que le haría y dio media vuelta. El interrogatorio de Chessie podía esperar al día siguiente.

Ya debería de conocer a su hermana. La llamó más tarde.

–¿Y? –dijo, sin más preámbulos.

No hizo falta más. Habían pasado muchos años juntas y se entendían mentalmente. Chessie quería detalles de su primer día de vuelta al trabajo y de la impresión que le había causado Cristiano Verón. Isabelle no supo qué decir.

–¿No puedes hablar? –inquirió Chessie cuando el silencio se alargó–. ¿Está ahí? ¿Sigues trabajando?

–No, no está aquí, pero no tengo mucho que decir –Isabelle no podía mentirle a Chessie, solo darle largas–. Llegó a última hora de la mañana y se fue a una reunión poco después.

–¿Y? –insistió Chessie–. Tiene que haberte causado algún tipo de impresión.

Un torbellino de impresiones se sucedieron en la mente de Isabelle, pero una destacó entre ellas.

–Es exactamente como su nombre –dijo. Exótico, caro, de diseño–. Es Cristiano Verón.

–¿Lo hiciste? ¿Seguiste mi consejo y miraste su pasaporte? –Chessie sonó atónita e impresionada–. ¡Sobresaliente!

–No miré sus cosas –Isabelle se apretó el puente de la nariz–. No quiero perder mi empleo.

–Pues lo has dicho muy convencida.

–Lo estoy. No me preguntes por qué, fíate de mi instinto por esta vez –dijo, aunque los nervios le opriman el estómago. Podría haber compartido lo que se sentía, pero Chessie era una alocada. Isabelle no quería que analizara la situación con su impulsividad habitual. Ya había puesto en peligro el contrato de Isabelle con A Su Servicio una vez y no le daría una segunda oportunidad–. De una cosa estoy segura, no es Hugh Harrington.

–Podría ser su lacayo –contraatacó Chessie.

–Créeme, Chess –Isabelle soltó una risa seca–, Cristiano Verón no es lacayo de nadie. Creo que es una coincidencia, que realmente es un cliente en viaje de negocios. Cualquiera podría haberme recomendado. Los Thompson, por ejemplo.

–Si tú lo dices –Chessie no sonó convencida.

–Sí, lo digo. Y si ocurre algo que me haga cambiar de opinión, serás la primera en saberlo.

Capítulo Tres

«¿Estaba embarazada?».

Cristo, desde el umbral de la cocina, observó el perfil de su ama de llaves, que se estiraba para abrir un armario de arriba. Era imposible saberlo mientras insistiera en ponerse vestidos que parecían sacos. La versión de ese día no era gris, sino marrón, e igual de aburrida.

Se preguntó qué clase de mujer elegiría algo tan poco favorecedor teniendo la posibilidad de vestirse a su gusto. Podía ser una que seguía a rajatabla las reglas de su empresa; o una que se rebelaba ante su petición de informalidad.

O tal vez una que quería ocultar un embarazo que empezaba a ensanchar su cintura.

Cristo la observó cruzar la cocina con paso ligero. Parecía despierta, no pálida por el efecto de las náuseas matinales. Mientras echaba café en la máquina, balanceó las caderas con gracia; estaba tarareando y cantando alguna palabra suelta aquí y allá. Sonrió, a su pesar. No quería que lo distrajera de su propósito, sin embargo, ella llevaba dos días evadiendo cualquier intento de conversación personal.

Ya era sábado e iba a tener que presionar más.

Absorta en la preparación del desayuno, ella aún no había notado su presencia. Cuando volvió a estirarse para sacar algo del armario superior, aprovechó para hacérselo saber.

—Deja que haga eso por ti.

Ella gritó sobresaltada y dejó caer el cuenco. Cristo corrió a equilibrarla. Intencionadamente, puso las manos en la suave curva entre cintura y caderas, pero cuando bajó la vista se perdió en sus ojos de aguas profundas. Al verla había creído que eran avellana, pero se había equivocado. Y también al pensar que era bonita, sin más. Esa descripción de Isabelle Browne era una injusticia.

—Ya estoy bien —gimió ella—. Por favor, quítame las manos de encima.

Lentamente, Cristo la soltó y dio un paso atrás. El contacto con la carne femenina le cosquilleaba en las manos, que alzó en gesto de paz mientras miraba fijamente las de ella, que temblaban mientras se quitaba los auriculares y los dejaba, junto con su iPod, sobre la encimera.

—Siento haberte sobresaltado —inclinó la cabeza con gesto arrepentido—. No me había dado cuenta de que no oías mi oferta de ayuda —demasiado concentrado en escrutar su cintura y en sus pasos de baile, tendría que haberse preguntado por el origen de su canturreo y movimiento.

—Me has quitado años de vida —ensanchó la nariz e inspiró para recuperar la compostura—. Dijiste que hoy desayunarías tarde. No esperaba que bajaras tan pronto.

—Soy madrugador. Despertarme temprano es un hábito. Llevo trabajando un rato, como tú, por lo que veo —Cristo señaló la evidencia: fruta cortada, la cafetera en marcha, el zumbido del horno y el dulce aroma a repostería.

–Es mi hora favorita del día –admitió ella–. En paz y soledad puedo trabajar a mi ritmo.

Él arqueó la ceja, mirando su iPod, e Isabelle hizo una mueca. Se preguntó si había estado cantando en voz alta. Primero las zapatillas y luego un karaoke improvisado. ¡Muy profesional! Iba a tener que concentrarse más.

–El desayuno estará enseguida –fue hacia la cocina y encendió un fuego–. Los periódicos están en la mesa, junto a la ventana. También hay dos mensajes telefónicos que tomé anoche. Si vas a sentarte, te llevaré el café.

Por el rabillo del ojo lo vio mirar la mesa y deseó que fuera hacia allí. Recién duchado, llevaba vaqueros, de diseño sin duda, y un suéter negro de cachemir, punto de seda o algo igualmente agradable al tacto. Pero seguía pareciendo grande, fuerte y viril.

–Trae el café y dos tazas, por favor.

La inesperada petición hizo que Isabelle volviera a tierra de golpe.

–¿Bajará alguien más a desayunar? –preguntó ella, consiguiendo sonar cortés y profesional.

–¿Bajar? –miró su rostro–. Has entendido mal, Isabelle. La segunda taza es para ti. Me gustaría comentar mi agenda de fin de semana y creo que tu conocimiento de la zona será útil.

Isabelle insistió en terminar de prepararle el desayuno antes, lo que consiguió a pesar de la distracción del zumbido grave de su voz contestando a uno de los mensajes telefónicos. Se preguntó si sería al de Vivi, respecto a la boda de Amanda, o al de Chloe respecto a Gisele.

Se dijo que no tenía derecho a dar vueltas a esos exóticos nombres femeninos. Aunque la química parecía mutua, era el hombre equivocado y en el peor momento. Pero seguía pendiente de él, del ceño que fruncía su frente y del tamborileo impaciente de sus dedos en la mesa.

Cuando se reunió con él en la mesa, tenía los nervios tensos como una cuerda de violín. Odiaba sentirse así, y más en la cocina, su paraíso.

Una vez él se aseguró de que ella había desayunado y de que no quería café, le pidió que le recomendara un restaurante local. Isabelle se tranquilizó. Ese era su terreno.

—¿Tienes preferencias por algún tipo de cocina en concreto? —le preguntó.

—Buena comida local, nada muy elegante.

Eso describía la tienda de pescado y patatas fritas de su barrio, pero Isabelle no podía imaginarse a Cristo Verón, ni en vaqueros, comiendo de un cucurucho de papel en las mesas de Rosa y Joe. Supuso que sus definiciones de «muy elegante» no se parecían.

—Varias bodegas de la península encajan con esa descripción. ¿Para comer o para cenar?

—Para comer. Esta mañana voy a ir a una granja cerca de Geelong para mirar caballos. ¿Hay algún sitio en el camino, para comer a la vuelta?

—Varios —contestó ella, sintiendo curiosidad por el plan y porque buscara caballos precisamente en Australia—. Son todos muy populares en fin de semana, así que sería mejor hacer una reserva.

27

Él estaba sentado de cara a los jardines y el sol matutino aclaraba los ojos, que ella había creído negros, dándoles un tono marrón aterciopelado.

–¿Podrás conseguirnos una mesa en uno?

A Isabelle le dio un vuelco el corazón antes de comprender que ese «nos» no tenía que ver con ella. Se referiría a algún cliente.

–En el que elijas.

–¿Cuál elegirías tú, Isabelle?

–No podría decirlo sin más información.

–Cual elegirías para ti.

–¿Para mí? –Isabelle parpadeó.

–Estoy preguntándote cuál de esos restaurantes elegirías tú, personalmente, para comer –dijo él, recostándose en la silla.

–Ninguno –admitió. Él enarcó una ceja y se apresuró a seguir–. No porque no me gustaría comer allí, porque no puedo permitírmelos.

–¿Y si pudieras?

–Acacia Ridge –nombró el primero de su lista de deseos sin titubear–. La carta se compone de platos sencillos con productos locales y un toque especial. Su bodega de vinos es legendaria, el servicio excelente y el entorno hace que uno olvide que está cerca de la ciudad.

–Parece que fuera tu favorito.

–Nunca he comido allí, pero es un favorito de mis clientes.

–Habrá que hacer algo respecto a eso –dijo él, tranquilo–, para que puedas hablar con conocimiento de causa de primera mano.

–Tal vez me dé ese capricho después de esta semana –contestó ella, aunque sabía que no lo haría. Su sueldo estaba destinado a propósitos muy específicos, como médicos y mobiliario infantil–. Tengo vacaciones –añadió.

–Creo que yo las interrumpí, convenciéndote para que aceptaras este trabajo.

Isabelle se enderezó. Sin pretenderlo, había dado un giro a la conversación que suponía una oportunidad perfecta. Se le aceleró el corazón.

–Si no te importa que lo pregunte… ¿Por qué hiciste eso? ¿Por qué me solicitaste a mí en concreto?

–Tu nombre salió a relucir cuando hablaba con un amigo –alzó un hombro con desinterés–. ¿Por qué lo preguntas?

Isabelle se planteó la respuesta. No podía decir: «Me preguntaba si tienes alguna conexión con Hugh Harrington, si has venido por causa de un mensaje telefónico sobre un embarazo, tal vez para solucionar esa inconveniencia». Calló.

–¿Te pareció una petición inusual? –preguntó él–. Me cuesta creer que este nivel de servicio… –señaló la mesa con la mano. Había un jarrón con narcisos frescos, una cesta de bollos de canela recién horneados, una bandeja de café con tres tipos de leche– no haya recibido múltiples halagos y recomendaciones.

–Bueno, sí –admitió–, pero nunca con un salario tan generoso.

–Estabas de permiso. Quería que mi oferta te mereciera la pena. Interpreté que aceptaras como señal de que el incentivo y la compensación te parecían suficientes –clavó la mirada en ella–. ¿Acaso me equivoqué?

–No –aseveró ella. Enrojeció al pensar que él podía

creer que se quejaba del sueldo–. ¡Me pagas demasiado para hacer muy poco!

–Entonces tal vez podría incrementar tu carga de trabajo.

–Desde luego. Haré lo que necesites. Me gusta ganarme el sueldo.

Él pareció estar considerando su oferta. Entrelazó los dedos sobre el pecho y tamborileó con los pulgares en el suéter negro. Pero seguía mirándola a los ojos. Hubo un cambio sutil.

–¿Tienes algo concreto en mente? –preguntó.

Isabelle sintió que se le tensaba la piel. La pregunta la llevó a imaginar las manos de él en su cintura, sin suéter negro, sin uniforme… Sacudió la cabeza para formular una respuesta profesional.

–Lo que mejor se me da es cocinar; puedes hacerme alguna petición especial, o invitar a cenar aquí a tus socios o amigos, en vez de ir a un restaurante. También puedo hacer compras; si necesitas algo para ti, o un regalo para tu… quien sea –concluyó con voz débil.

–Mi… ¿quién sea? –arqueó una ceja, burlón.

–Tu esposa –aclaró ella, pensando en los nombres femeninos de los mensajes–, o tu amante. A veces me han encargado comprar regalos para ambas.

–Esos asuntos son liosos.

–Yo eso no lo sé. No tengo experiencia.

–Por suerte –dijo él tras una leve pausa–, no tengo ni una ni otra cosa.

Ella no pudo impedir un destello de alegría y rezó porque no se notara en su rostro. La vida personal de él no le concernía; no le interesaban Vivi y compañía. En absoluto.

–Nada de compras ni de cenas con invitados –dijo–, pero tengo otra idea en mente. ¿Conduces?

–Sí.

–¿Podrías salir dentro de media hora?

Isabelle se sintió como si la estuvieran conduciendo al borde de un precipicio con los ojos vendados, pero se habría ofrecido a ganarse el sueldo; demasiado tarde para retirar la oferta. Se humedeció los labios con la punta de la lengua.

–Sí.

–Bien –dijo él, indiferente. Isabelle se tranquilizó y pensó que iba a enviarla a hacer un recado. Era mejor que perder el tiempo limpiando una casa que ya estaba impoluta.

–¿Adónde tengo que ir? –preguntó–. ¿Necesitaré cambiarme de ropa?

–¿Quitarte eso? –miró su vestido con desdén. Sí, por favor.

–Aquí solo tengo vaqueros.

–Irán bien para ir donde vamos.

–¿Vamos?

Mientras se rellenaba la taza de café, Cristo, lánguido, contempló su expresión de alarma.

–¿No me he explicado bien? Isabelle, vas a llevarme a Geelong.

No lo había dejado nada claro y ella percibió que él lo sabía de sobra. Lo que no entendía era el porqué y él lo notó en su rostro.

–He pasado las últimas noches al teléfono y en el ordenador, trabajando con horario de Londres. Si me duermo, preferiría que no fuera al volante.

–Puedo buscar un conductor –sugirió ella.

–¿Por qué iba a querer un profesional teniéndote a ti, Isabelle? –sus ojos chispearon divertidos–. No sufras. A cambio de tu trabajo como chófer, te llevaré a comer a ese restaurante que tanto alabas.

–No puedo ir a comer contigo –gimió ella.

–¿Por qué no? ¿Sospechas que tenga motivos ulteriores? ¿Por eso preguntaste por qué te había contratado? –estrechó los ojos al ver el rubor de culpabilidad que teñía sus mejillas–. ¿Qué servicios creías que pretendía pagar, exactamente, Isabelle? –sonó como si se sintiera insultado.

–No, eso no –contestó ella rápidamente–. No creo que tengas necesidad de pagar por eso.

Las cejas de él se dispararon hacia arriba.

–Me refiero a la compañía de una mujer… –no podía estar explicándose peor. Tomó aire y se secó las manos en los muslos–. Sabes a qué me refiero, pero no es eso lo que me inquieta de ir a comer contigo.

–Entonces, ¿hay otra razón?

–Soy el ama de llaves.

–Mi ama de llaves –corrigió él–. Que dice no estar ganándose el sueldo. Para corregir eso, hoy serás mi chófer. Como tengo que comer, te pido que comas conmigo. Si te ayuda, puedes considerarlo un ascenso de categoría profesional.

Capítulo Cuatro

–¿La carta no está a la altura de tus expectativas, Isabelle?

En las horas que habían pasado cruzando la bahía en el ferri, conduciendo a los establos de caballos de polo Armitage y volviendo al restaurante, Cristo no se había dormido. Había obligado a su chófer a conversar, preguntando por los sitios por los que pasaban, la comida y los vinos de la zona, y el Porsche alquilado que ella había dicho, en primera instancia, que no sabría conducir. Temas impersonales que la animaron a relajarse en su compañía y permitieron a Cristo estudiar sus sutiles cambios de expresión. Dejaba entrever mucho con la postura de sus cejas, la boca o mordiéndose el labio inferior.

–La carta es fantástica –contestó. Cristo movió la cabeza negativamente.

–Dices eso, pero estás mordiéndote el labio… –se dio un golpecito en el labio inferior, indicando el punto exacto– justo ahí.

–Eso es por falta de ortodoncia, no una crítica del menú.

Cristo rio suavemente ante la rápida respuesta. Lo había sorprendido muchas veces esa mañana con sus agudas observaciones, cuando expresaba su opinión personal. Lo había sorprendido cuánto le gustaba la

33

Isabelle real que veía emerger del ama de llaves cortés y profesional.

–En ese caso, aplaudo la falta de intervención.

–¿Prefieres los dientes torcidos? –alzó las cejas con escepticismo.

–Las imperfecciones hacen que un rostro sea más interesante.

Ella movió la cabeza y resopló, incrédula.

–Sugerir que alguien tiene un rostro «interesante» no es exactamente halagador.

–Y yo que creía que te ofenderían los halagos –replicó Cristo. Cuando sus ojos se encontraron vio algo distinto en los de ella. Sorpresa por el comentario, sí, pero también algo que rondaba la aprobación. Por primera vez notó que reaccionaba ante él como hombre y se permitió disfrutar de la atracción química que zumbaba entre ellos.

Se dijo que no suponía ningún riesgo, utilizaría esa atracción para sus propios fines.

–Das la impresión de ser una mujer muy recta.

–Una mujer recta con dientes torcidos.

Divertido por la rápida réplica, Cristo se recostó en la silla y miró sus labios. Carnosos y bien dibujados, a pesar de no estar pintados.

–¿No te parecen interesantes las imperfecciones? –preguntó.

–Depende de qué causara la imperfección. Mis dientes, por ejemplo… –pasó la lengua por el borde, un gesto inocente que provocó una reacción no tan inocente en el cuerpo de Cristo– salieron así. Eso no tiene interés.

–En tu opinión.

Sus miradas se encontraron de nuevo, cálidas.

–¿Hay alguna historia sobre tu nariz rota?

–No una que sea especialmente interesante.

–En tu opinión.

Él soltó una carcajada. Era muy aguda. El tipo de mujer que le interesaría, si no fuera ella.

–Se debió a una caída de un caballo –admitió.

–¡Estás de broma!

–Si pretendiera contarte un cuento, elegiría algo más heroico… No fue más que una pérdida de contacto entre mi trasero y la silla de montar.

–Tras observar tu tr…, observarte –corrigió rápidamente–, esta mañana, no puedo imaginarte perdiendo el contacto con la silla.

–Así que me estuviste observando –Cristo sintió una primitiva oleada de orgullo viril al ver el rubor que ascendía de su cuello a su rostro.

–Sí –admitió ella–, pero no sé nada sobre el polo –hizo una pausa–. Supongo que naciste con un taco de polo en la mano.

–No exactamente –Cristo rio, divertido–. Mi padre era jugador profesional, así que nací con el olor a heno y caballo en la sangre, pero sin taco. Dudo que mi madre lo hubiera permitido.

–¿A ella no le gusta el polo?

–Sintió una fascinación pasajera por los hombres que lo practicaban –dijo él, seco–. Supongo que la atraía el estilo argentino.

–Entiendo –dijo ella, pensativa.

–¿Qué es lo que entiendes, Isabelle?

–Tu nombre, tu aspecto… pensé que tal vez fueras italiano.

–En parte, aunque esos genes provienen de mi madre.

–¿Es italiana?

–Vivi es medio italiana, medio inglesa. Una alocada.

Los ojos de ella chispearon con interés, pero él vio cómo controlaba su curiosidad apretando los labios. Tal vez porque la conversación sobre la familia empezaba a ser demasiado personal.

«Lo siento, Isabelle Browne. En cuanto a los temas personales, acabo de empezar», pensó.

–Mi padre es argentino –siguió. Darle cierta información personal la animaría a hablar sobre ella misma–. Aunque el segundo marido de mi madre hizo más funciones de padre que él.

–¿Es inglés? –preguntó ella un momento después, rindiéndose a la curiosidad.

–Y orgulloso de serlo. Cuando promocionó Chisholm Air internacionalmente, Alistair aprovechó, sin resquemor alguno, todos los clichés de la aristocracia inglesa.

–Alistair Chisholm –dijo ella, maravillada–. ¿Es tu padrastro?

–Lo era.

–Cierto. Leí sobre su fallecimiento en el periódico. Lo siento.

–Yo también –dijo Cristo–. Era, con diferencia, el mejor de los esposos de mi madre.

–¿Así que te trasladaste de Argentina a Inglaterra? –preguntó ella.

–Y después a Italia, tras el tercer matrimonio de mi madre, y luego de vuelta a la hacienda de mi padre durante varios años. Allí ocurrió esto –se pasó el pulgar por el bulto de la nariz.

–¿Cómo?

–Mi hermano me retó a que montara a una yegua sin domar, una malvada. Ganó la maldad.

–Machista –dijo ella, aunque no con tono de reproche–. Fue tu justo castigo.

–Mi orgullo salió herido, pero la compasión que recibí lo compensó con creces.

–Compasión femenina, supongo.

–¿Existe alguna otra? –Cristo sonrió, burlón.

Ella dejó escapar una risa incrédula. Él vio que la camarera se acercaba, pero le hizo una seña discreta para que esperase.

–¿Y tú?, Isabelle Browne con «e» al final –preguntó, utilizando la frase del mensaje telefónico recibido por Hugh . No vio en sus ojos ninguna reacción–. ¿Hace mucho que vives aquí?

–He vivido en Melbourne casi toda mi vida, y aquí, en la península los últimos seis años.

–Eres una lugareña auténtica.

–Sí –la luz sonriente de sus ojos provocó en él un cosquilleo libidinoso–. En los últimos veinte años, solo he salido una vez, a Bali de vacaciones.

–¿No te apetece ver mundo?

–Me encantaría viajar, pero me temo que es una ambición que tendrá que esperar. De momento tengo otras prioridades.

Lo dijo con serenidad, pero su sonrisa demostró cierta tensión. «Otras prioridades» podía englobar múltiples posibilidades, pero una resonó en la mente de Cristo como un tambor: embarazo.

Eso le recordó la razón de que estuviera allí y apagó el calor que surcaba sus venas. No había olvidado su propósito, pero había permitido que su agradable compañía lo distrajera. No volvería a ocurrir. Hizo una seña a la camarera.

—Vamos a pedir. ¿Qué te apetece?

Ella volvió a mirar la carta y arrugó la frente.

—Es todo tan… excesivo.

—¿Te refieres a los precios? —preguntó él tras echar otro vistazo a la carta y comprobar que los platos eran sencillos con un toque especial, como ella había dicho. Encogió los hombros—. Comparados con los de Londres son modestos.

—Tal vez para ti —murmuró ella.

—Como pago yo, no es problema —estiró el brazo y le quitó la carta. Se recostó en la silla y sonrió a la camarera—. ¿Qué recomiendas, Kate?

Se ocupó de pedir con la seguridad que Isabelle esperaba de un hombre con sus antecedentes: polo, dinero, privilegios, Argentina, Inglaterra, Italia. Era lógico que le pareciera exótico y un lujo. Y que hubiera tardado medio segundo en encandilar a la bonita pelirroja, Kate, que sonreía, coqueta, y se desvivía por recomendarle los vinos más apropiados.

Eso le sirvió a Isabelle para recordar el abismo que había entre ellos. El ardor que sentía en el bajo vientre cuando él la miraba, cuando se reía de algo que había dicho, o cuando había puesto la mano en su espalda para conducirla hacia la mesa… eran porque no estaba acostumbrada a que un hombre tan delicioso como Cristo Verón le prestara atención. Disfrutaba de ella, pero era demasiado sensata para olvidar su posición.

Estaba trabajando y se ocupó de dejarlo claro cuando llegó el vino. Aunque había dicho que bebería agua, Cristo sacó la botella de la cubitera con la intención de servirle. Ella puso una mano sobre la copa y lo miró con determinación.

—No he cambiado de opinión.

—¿Es que no apruebas mi elección? —entrecerró los ojos, como si lo hubiera retado.

—Estoy segura de que es una gran elección —tras una eternidad hablando con Kate, tenía que serlo—, pero no bebo cuando estoy trabajando.

—Una copa no te hará ningún daño.

—Tentarme cuando soy tu chófer no está bien.

Sus miradas se encontraron. Ella captó que no estaba acostumbrado a las negativas pero, aun así, dejó la botella y la miró con respeto.

—Te tomas tu trabajo muy en serio, ¿verdad?

—Desde luego —contestó ella, enderezándose, halagada por su aprobación—. A Su Servicio no me contrataría si no fuera así.

—¿Te gusta el trabajo?

—Es un buen trabajo.

—Pero, ¿te gusta? —insistió él.

—Hay aspectos que me gustan mucho y otros que no —dijo ella, cauta—. Igual que en cualquier trabajo, supongo.

Llegó el primer plato e Isabelle se concentró en las gambas aderezadas con lima y avellana. Se acercó para inhalar su aroma y casi salivó.

—La cocina, adivino, es la parte que te gusta.

—Lo has notado —dijo ella, con una sonrisa de placer, alzando la vista de nuevo.

–Sería imposible no hacerlo –le devolvió la sonrisa–. Si la comida es tu pasión, ¿por qué no eres cocinera profesional?

–Tal vez lo sería si pudiera trabajar en un sitio como este.

–Y no puedes… ¿por qué?

–Porque son muy selectivos –rezongó ella–, y no tengo los títulos ni la experiencia requerida.

–Tendrías excelentes referencias de tu jefe y tus clientes, si quisieras seguir ese rumbo.

Isabelle arrugó la frente. Chessie llevaba machacándola un año con esa pregunta. Ella también se la había hecho hasta hacía muy poco.

–Ser ama de llaves no tiene nada de malo y trabajar para A Su Servicio implica guisar en cocinas perfectamente equipadas –sintió una opresión en el pecho al pensar en el futuro–. Y la paga y las propinas están muy bien.

–Y el dinero es importante.

–Claro que sí –contestó automáticamente. Al ver su mirada se preguntó si la despreciaba por dar demasiado valor al dinero–. Así pago las facturas –justificó, irritada–. Como pago un techo sobre mi cabeza.

–¿Solo tu cabeza, Isabelle? –lo preguntó con levedad, pero su quietud hizo que ella sospechara. Cuando iban al restaurante él había dicho que se moría de hambre, pero apenas había tocado su plato. Tenía algo en mente, no hablaba por hablar.

–¿Qué estás preguntado, en concreto? –Isabelle arrugó la frente y soltó el tenedor.

–Si vives sola –contestó él, tranquilo–. Ayer mencionaste a tu abuela.

—Mi abuela murió hace seis años —su voz sonó ronca. Cristo inclinó la cabeza, en señal de respeto por su pérdida.

—¿Tienes más familia?

—Una hermana. Y sí, compartimos techo —añadió—. Solo nosotras, de momento.

Si no hubiera estado mirando el rostro de él, pendiente de sus ojos negros como el carbón, no habría notado su reacción. Pero la notó: los ojos oscurecieron y su rostro se tensó. Se le desbocó el corazón y una mezcla de inquietud y suspicacia hicieron que se le cerrase la garganta.

«¿Quién eres, Cristiano Verón, y por qué te interesa tanto mi familia?», deseó preguntar.

De reojo, vio que iban a ser interrumpidos por un hombre que parecía el gerente. Apenas habían tocado la comida; eso debía de haberle llamado la atención. Isabelle no prestó demasiada atención a la queda disculpa. «Siento interrumpirlos, una llamada telefónica, bla, bla…».

Miraba a Cristo, pensativa. No sabía si arriesgar su empleo y la paga extra enfrentándose a él. Tal vez se equivocaba y sería mejor dejar que siguiera jugando hasta que todas las cartas estuvieran sobre la mesa.

Entonces oyó el único nombre que podía captar su plena atención.

—El señor Harrington —decía el gerente—, me pidió que le dijera que es urgente y tiene que ver con Gisele.

Capítulo Cinco

Antes de que el gerente terminara de hablar, Cristo había dejado su servilleta y apartado la silla. La mirada atónita de Isabelle se grabó en su mente como una instantánea de la que se ocuparía después; se centró en la llamada que lo esperaba.

Durante el desayuno había devuelto la llamada a Chloe, la encargada de la caballeriza, que había expresado una leve preocupación por la falta de apetito de Gisele; le había dicho que lo mantuviera informado. Pero no estaba preparado para lo que le dijo Hugh: la vida de la yegua peligraba por culpa de un cólico agudo. Chloe no había podido localizar a Cristo, que había apagado el móvil para hablar tranquilo con Isabelle, y, desesperada, le había pedido a Hugh que lo localizara. Lo conocían bien y sabían que desearía controlar la situación minuto a minuto.

Cristo puso fin al almuerzo y pasó las cinco horas siguientes con el teléfono al oído, hablando con el personal de la cuadra y el veterinario, sintiéndose impotente y distante. Si subirse a un avión hubiera servido de algo, estaría volando. Pero estaba a un día de Inglaterra; la fase crítica habría concluido mucho antes de que llegara. Así que volvió a Pelican Point y paseó y sudó hasta que recibió la llamada definitiva.

El coraje y la fuerza que Gisele demostraba en la

cancha de polo la habían ayudado. La crisis había pasado. De momento, estaba a salvo.

Sintió una intensa oleada de alivio que lo dejó agotado y vacío. La cama que había en el centro del dormitorio parecía limpia, ancha y cómoda. Automáticamente, se desnudó de camino al cuarto de baño. Quizá fue ver la prístina cama o desnudarse o que su mente se sintiera libre por fin. Fuera por lo que fuera, la instantánea que había archivado en el restaurante destelló en su mente, nítida y viva.

Isabelle Browne con los labios entreabiertos y mirada atónita al oír el nombre Harrington.

Con las manos apoyadas en los azulejos, mientras el chorro de la ducha caía sobre los tensos músculos de sus hombros y espalda, Cristo hizo un resumen del resto de las pistas: el uniforme ancho y sin forma, que se negara a beber café o vino, que dijera que solo vivía con su hermana, «de momento».

No había habido mención de Hugh o de la conversación interrumpida mientras volvían a casa ni en las horas que siguieron. Ella había subido varias veces con bandejas de sándwiches, café y, finalmente, su cena. Él no había iniciado la conversación y ella había recobrado el papel de ama de llaves invisible.

Sin embargo, él se había fijado en ella. Se había permitido dejarse envolver por su eficiencia y por esa otra Isabelle de ojos brillantes y ritmo en las caderas. Ambas partes lo atraían y la antítesis lo intrigaba; había llegado a reconocer ante sí mismo cuánto deseaba que la alegación de embarazo fuera un malentendido.

Si la llamada telefónica no los hubiera interrumpido, habría investigado más; ella habría reconocido que iba a ser madre; él habría dicho que actuaba en nombre de Hugh Harrington. El asunto estaría solucionado.

Se secó y se puso unos pantalones. Salió al balcón e inspiró el aire otoñal, agradeciendo su frescor en la piel. La noche había caído, oscureciendo el agua de la bahía y oscureciendo su mente con remordimiento.

Había manejado el asunto muy mal. Había sido un tonto arrogante al creer que podía juzgar el carácter de una mujer tras unos días de trato y una mañana de conversación. Y dos veces tonto por dejar que su deseo por ella afectara su juicio.

Oyó el tintineo de una cucharilla en la porcelana, y sus sentidos se despertaron. Ella había vuelto, seguramente a recoger la bandeja, tal vez con café fresco. Era la oportunidad perfecta para poner fin al subterfugio.

Se detuvo en la puerta del balcón. Ella estaba ante el escritorio, de espaldas a él, rebuscando entre sus papeles. De repente, su espalda se tensó y sus manos se quedaron quietas.

—¿Buscabas algo en concreto? —preguntó Cristo, aunque se le había helado la sangre. Sabía exactamente qué había encontrado.

Isabelle giró en redondo y vio a Cristo en la puerta del balcón. No llevaba camisa. Por un instante, le fascinó la tersa piel olivácea que cubría sus poderosos músculos.

Estaba mal mirarlo y pasarse la lengua por los labios; era su jefe. Estaba mal sentir un pinchazo de calor y desear lamer su pecho.

Y era imperdonable que la hubiera pillado registrando sus cosas. Se llevó una mano al pecho.

–Tienes que dejar de hacer eso –dijo, ruborizada y sintiéndose culpable.

–De hacer, ¿qué? –preguntó él con voz tan sedosa como el vello oscuro descendía por su abdomen hasta perderse…

«No mires», Isabelle se obligó a bajar la vista. Luego la subió hasta su pelo húmedo. Aunque parecía relajado, no lo estaba. Captaba la tensión de cada uno de sus músculos. Era como un gato salvaje, a punto de saltar sobre su presa.

–Sobresaltarme así –apretó los dedos contra el pecho, estremeciéndose–. No sé cómo alguien de tu tamaño puede moverse sin hacer ruido.

Estaba descalzo. Ella se dio cuenta cuando cruzó la habitación; retrocedió hasta que el escritorio, que se clavó en sus muslos, la detuvo.

–¿Has encontrado lo que buscabas?

–No buscaba nada concreto –contestó ella demasiado rápido. Sonó culpable. Sonó a mentira.

Él se acercó tanto que ella captó el aroma a cítrico, bergamota y piel masculina recién lavada. Tanto como para que viera el escepticismo en la curva de su boca y en la ceja enarcada.

–¿Ni siquiera a mí?

–Bueno, sí. A ti.

–Estoy aquí –dijo él, tocándose el pecho–. No en el escritorio.

–He traído café –dijo ella, ruborizándose, pero con la barbilla alta. Señaló la mesita–. Y quería averiguar si habías recibido más noticias. Sobre tu caballo.

–Ha pasado la crisis.

–¿Se recuperará?

–Dios mediante.

–Me alegro –una sonrisa de alivio suavizó la tensión de su rostro–. Estabas tan preocupado esta tarde… –lo miró con calidez–. Debe ser un caballo muy especial.

–Lo es, pero habría sentido lo mismo por cualquier miembro de mi familia, equino o humano.

–Eso lo entiendo bien.

–¿En serio? –su voz sonó suave, pero su expresión se endureció–. Tengo mis dudas por tus atenciones, tus muestras de preocupación, el café, la comida. ¿Cuántas veces habrías subido hasta aquí ese bonito trasero, esperando la oportunidad de registrar mi escritorio?

Por fin había atacado. Tan de repente que Isabelle tragó aire, sobresaltada. Descubrió que no quería huir sino defenderse.

–No lo hice con ese propósito –afirmó.

–Sin embargo… –señaló el escritorio, tras ella.

–No estabas aquí, así que aproveché la oportunidad para…

–¿Cotillear?

–Buscar respuestas.

Incapaz de soportar sola, abajo, el suspense del destino de Gisele, había subido a menudo con café y comida. Si hubiera tenido una excusa para quedarse, para ofrecerle consuelo y apoyo, la habría aprovechado. Su sentimiento había sido sincero y la molestaba que él lo dudara.

Solo esa última vez, al encontrar la habitación vacía, se había fijado en el escritorio. Imposible resistirse a la tentación de buscar un vínculo con Harrington. No sabía qué había esperado encontrar, pero desde luego no una revista titulada Ahora que estás embarazada.

—Quería esperar a que pasara la crisis con la yegua antes de hacer preguntas –dijo, tensa.

—Adelante –la invitó él–. Pregunta.

—¿Por qué estás aquí? –alzó la barbilla para mirarlo a los ojos–. ¿De veras tenías negocios en Melbourne o te envió Hugh Harrington?

El retraso al contestar fue significativo, así como el brillo de sus ojos. Cuando contestó con una pregunta: «¿Debo entender que lo conoces?», Isabelle perdió la compostura. Giró en redondo, apartó papeles hasta encontrar la revista y la agitó ante sus ojos.

—Viniste aquí por petición suya, ¿para qué? –golpeó su pecho con la revista, pero él ni se inmutó–. ¿Querías comparar con las fotos?

—Necesitaba un punto de referencia –dijo él con voz fría y templada–. No tenía ni idea de qué aspecto tiene una embarazada de tres meses.

—¿Qué te importa eso a ti? No eres el padre.

—¿Y Hugh Harrington sí?

—¿Estás sugiriendo que no lo es? –Isabelle frunció el ceño.

—Estoy haciendo una pregunta directa, Isabelle. ¿Es Harrington el padre de tu bebé?

—¿Mi bebé? –silabeó ella, atónita. Sacudió la cabeza y no pudo contener una risotada incrédula–. ¿Crees que se acostó conmigo? ¿Que yo estoy embarazada?

—¿Eres Isabelle Browne o no? –escupió él.

—Sí. Claro.

—Pero no estás embarazada.

—No, desde luego que no –Isabelle alzó una mano para evitar más preguntas–. Déjame que te lo explique. Mi hermana, Francesca, Chessie, me sustituyó en enero.

—¿Haciendo este trabajo?

—Más o menos. Se suponía que era un trabajo de fin de semana, cocinar para tu amigo en una casa en Portsea. Él conocía a los dueños por negocios o lo que fuera —hizo un ademán de indiferencia, solo importaba el resultado—. Le prestaron su casa de vacaciones. Yo tenía gripe y Chessie ocupó mi lugar. Había trabajado para la empresa antes. Es competente, pero ya no estaba incluida en su lista de contactos.

—Así que utilizó tu nombre.

Isabelle asintió. Si no hubiera estado tan enferma nunca habría accedido.

—Fue un encargo de última hora y Chessie estaba disponible. Me convenció para que no rechazara el trabajo.

—Ni cl dinero —añadió él con voz seca.

—Ya te he dicho que el dinero es importante en mi situación.

—Y yo creía que te referías al coste adicional que supondrá un bebé.

—¡Y así es! Es un gasto adicional, además de mi hipoteca y todo el resto de las facturas.

—Es el bebé de tu hermana —dijo él tras una breve pausa. Sus miradas se encontraron y ella comprendió que empezaba a creerla. Era un paso pequeño, pero en la dirección correcta.

—De mi hermana y de tu amigo.

Él bajó la vista, pero ella vio un destello fiero en sus ojos. Farfulló algo que sonó a palabrota, fue hacia la terraza y perdió la vista en la oscuridad un momento.

—Hugh Harrington no es solo mi amigo —se volvió hacia ella con expresión amarga—. Es el prometido de mi hermana.

48

Isabelle sintió un escalofrío gélido. Recordó lo que él había dicho antes: que habría sentido lo mismo por cualquier miembro de su familia. Comprendió que había estado pensando en el sufrimiento de su hermana. Y lo entendió.

—Por eso estás aquí. Por tu hermana.

—Ella no lo sabe. Mientras el bebé de tu hermana crecía, Amanda planificaba su boda.

—¿Cuándo es?

—El treinta de mayo.

—¿Qué vamos a hacer? —Isabelle tragó saliva. Solo faltaban tres semanas.

—Creo que es hora de que tu hermana participe en la conversación, ¿no? —lo dijo con tanta frialdad y dureza que Isabelle se indignó.

—¿No deberías de reservar tu ira para quien la merece?

—Créeme, tengo de sobra para repartirla.

Francesca Browne era la mujer que Cristo había esperado encontrar al llegar a Melbourne.

Rubia, con rostro de portada de revista y cuerpo a juego, era la viva imagen de la larga ristra de novias de Hugh en otros tiempos. Llegó a Pelican Point diez minutos después de que Isabelle la llamara, con un estiloso vestido suelto que ocultaba cualquier rastro de embarazo. Abrazó a su hermana antes de mirarlo a él.

—Así que tú eres Don Arreglatodo —dijo.

—Prefiero que me llames Cristo —replicó él—. Dudo poder arreglar este asunto.

—¿No crees que puedes sobornarme? —arqueó las cejas, perfectamente delineadas.

–No tengo intención de intentarlo. ¿Quieres entrar al salón? Será más cómodo que estar de pie en el vestíbulo –se apartó para ceder el paso a las hermanas. Le bastó con observarlas y captar su unión para saber que, por desgracia, no mentían.

Francesca Browne podía haberse acostado con Hugo. Isabelle no lo había hecho. Le gustaba esa versión mucho más que la otra.

–¿Utilizas el nombre de tu hermana a menudo? –preguntó, cuando estuvieron sentados.

–No –contestó Francesca.

–Ya te he explicado por qué trabajó utilizando mi nombre –dijo Isabelle, que estaba sentada junto a su hermana. Cristo aprobó su actitud de guerrera lista para luchar por su familia y el fuego verde de sus ojos cuando inició el ataque–. No podía utilizar el suyo cuando llamó a Harrington. Él no habría sabido quién era Chessie Browne.

–No sabía quién era Isabelle Browne.

–¿Estás diciendo que no recuerda a Chessie?

–Niega haberla conocido.

–Me conoció –intervino la hermana menor con amarga ecuanimidad. Se tocó el vientre–. Esta es la prueba.

–Tú nos crees –dijo Isabelle.

Sonó como afirmación, no como pregunta. Cristo deseó tranquilizarla pero, aunque su instinto le decía que Isabelle decía la verdad, necesitaba saber al cien por cien que no eran adversarios y que luchaban por una causa común.

–No es a mí a quien tenéis que convencer –dijo, con tono de disculpa.

—Entonces, ¿a qué has venido? Dijiste que Harrington no te había enviado. Dijiste que no recordaba haber conocido a Chessie.

—Vino a pedirme consejo sobre cómo actuar respecto a la acusación de paternidad de Francesca —se inclinó hacia delante y la miró a los ojos—. Yo venía a Australia por viaje de negocios. Él no me pidió nada. Yo decidí conocerte.

—¿Contratándome con falsas pretensiones?

—Reconozco que no salió como esperaba. Sin embargo —siguió mirándola—, volvería a hacerlo para garantizar la felicidad futura de mi hermana.

—¿El fin justifica los medios?

—Cuando se trata de mi familia, sí. Siempre —Cristo seguía hablándole a Isabelle, intenso y serio. Oyó a Francesca carraspear y, de reojo, la vio alzar la mano, pidiendo atención.

—Hola. ¿Podría alguien explicarme de qué va todo esto? —a pesar del tono ácido, la incomprensión velaba sus ojos, que iban de uno a otro—. ¿Qué tiene que ver mi embarazo con la felicidad de tu hermana?

Cristo miró a Isabelle y asintió.

—Lo siento, Chess, es lo que hay: Hugh Harrington está comprometido con la hermana de Cristo. La boda será dentro de tres semanas.

La boca de Francesca formó una «O» de asombro. Parpadeó y luego soltó un taco. Dadas las circunstancias, Cristo no podía reprochárselo.

—¿Sabe lo mío…, lo del bebé y que llamé a Harry?

Cristo anotó su uso del diminutivo. Solo Amanda y los amigos íntimos lo usaban. Era una evidencia condenatoria y muy convincente.

–No. No lo sabe.

–Supongo que has venido por tu hermana, para descubrir la verdad, ¿no? –apuntó Francesca, tras morderse el labio unos segundos.

Cristo asintió.

–Y ahora que la sabes, ¿que vas a hacer?

–Dado que él niega conocerte, solo hay una solución. Veros a Hugh y a ti juntos, cara a cara.

–Eso no es posible –musitó Francesca.

Él se volvió hacia Isabelle, que escuchaba el intercambio, rígida y tan pálida como su hermana.

–¿Tenéis los pasaportes al día? –preguntó–. Vais a necesitarlos.

Capítulo Seis

Isabelle empezó a negar con la cabeza antes de que acabara de hablar.

—No podemos ir a Inglaterra. Imposible.

—¿No tenéis pasaportes al día?

—Sí –dijo Chessie–. Los necesitamos para ir a Bali el año pasado.

—Entonces, ¿cuál es el problema? –preguntó Cristo–. ¿El dinero?

—El dinero siempre lo es, y más ahora.

—No tiene por qué serlo –dijo Cristo, mirando a Isabelle–. Yo os llevaré a Londres. Os alojaréis en mi casa. Vuestros gastos estarán cubiertos –la miró con fijeza e Isabelle sintió cierta alarma.

Ese hombre estaba acostumbrado a tener el control y a salirse con la suya. Si no era firme, arrastraría a su impulsiva hermana con la fuerza de su voluntad.

—No se trata solo del coste –cuadró los hombros–. Tengo un trabajo.

—Que yo sepa, estás a mis órdenes el resto de la semana.

—¿Quieres que siga trabajando para ti?

—¿Por qué no iba a querer? Tengo un contrato, una semana de servicios, con pago por adelantado.

—Pero no te hace falta un ama de llaves si vas a volver a Inglaterra. Allí tendrás servicio de sobra.

–No exactamente –respondió él.

–No necesitas un ama de llaves –repitió ella con más fuerza.

–Puede, pero estoy intentando ponértelo fácil.

Ella se habría reído si no fuera un tema tan increíblemente difícil.

–Has sugerido que tu trabajo podría impedirte acompañar a tu hermana a Londres –siguió él–, pero estás trabajando para mí.

–Durante una semana.

–Que ampliaré, con las mismas condiciones. Digamos dos semanas más… –abrió las manos, seguramente porque los ojos de Isabelle se abrieron con una mezcla de asombro y suspicacia–, para compensar la inconveniencia.

–No puedo hacer eso.

–¿Por qué no? No tienes que trabajar para Miriam hasta dentro de unas semanas –apuntó Chessie. Isabelle la taladró con la mirada. Tener una traidora a su lado no era ninguna ayuda.

–Tu hermana tiene razón. ¿Por qué no?

–Porque has admitido que tenías servicio. No me necesitas.

–Pero yo sí –rezongó Chessie, impaciente–. ¿Por qué eres tan testaruda? ¿Por qué no aceptas la oferta de Cristo sin más? Es muy generosa. ¿Qué tienes que perder?

Fue Chessie quien habló. Fueron los ojos azul verdoso de Chessie los que la miraron con reproche. Pero ella veía ojos como el carbón y oía esas palabras con voz de barítono; eso le provocó un escalofrío de alarma, desconfianza y, Dios se apiadara de ella, de excitación.

Se preguntó qué tenía que perder: solo su orgullo y el control de sus hormonas desatadas.

–Tenemos que pensarlo –dijo, cauta. Miró a su hermana y bajó la voz–. No permitas que te convenza de hacer lo más conveniente para los demás. ¿Has pensado en qué es lo mejor para ti y para el bebé?

–Sabes que sí, y esto es lo que habría hecho yo si hubiera podido pagarme un billete de avión.

Era verdad. Habían hablado del tema antes, cuando Chessie había descubierto que estaba embarazada y hacía algo más de una semana cuando, superado el primer trimestre, ella había decidido informar al padre. Isabelle no había podido convencerla de que no llamara.

Francesca Ava Browne nunca había evaluado los riesgos antes de lanzarse a lo desconocido. Desde el primer momento en que había conseguido sostenerse en sus regordetas piernas de bebé, había sido imparable, por más que Isabelle lo intentara.

–De eso se trata –insistió–. No puedes pagártelo. ¿Y si algo va mal? Estarías al otro lado del mundo sin dinero y sin apoyo.

–Y si no voy estaré aquí, dependiendo de ti, que no puedes permitírtelo –refutó Chessie. Cuando Isabelle abrió la boca para protestar, porque siempre se había ocupado y se ocuparía de su hermanita, alzó la mano para acallarla–. Necesito hacer esto, por mí y por el bebé. Voy a ir, Belle. Tú haz lo que quieras.

De repente, sonó tan madura que Isabelle sintió que la tierra se hundía bajo sus pies.

***

Llegaron a Inglaterra el miércoles por la tarde y un chófer los esperaba para llevarlos al corazón de la ciudad. Chessie, por enésima vez desde que habían salido de Melbourne, golpeó a Isabelle con el codo, manifestando su asombro y entusiasmo.

Isabelle, que hacía horas que se había hartado de eso, apretó los dientes. Ya había explotado una vez, en la escala para recargar combustible, en Dubái. Chessie le había preguntado a Cristo si había tiempo para dar una vuelta.

–Dios, Chessie, no es un viaje de vacaciones –había clamado Isabelle, cansada, ansiosa y tensa.

–Sé bien lo que es –había contestado su hermana con calma–, eso no implica que no pueda disfrutar de las ventajas añadidas.

Por supuesto Cristo oyó el intercambio y ella había sentido que la juzgaba en silencio. Se suponía que ella era la hermana serena y sensata.

Pero desde que Cristiano Verón había aparecido en su vida, se había convertido en una persona airada, argumentativa y nerviosa. Había culpado de ello a lo imprevisible que era Cristo y a su preocupación por Chessie, pero tenía que empezar a asumir su propia responsabilidad.

Estaba allí para apoyar a Chessie, para asegurarse de que se tenían en cuenta sus necesidades, no solo las de la hermana de Cristo. Tenía que estar alerta y olvidar su propia decepción por cómo la había engañado fingiendo interesarse por su vida y su familia con el propósito de descubrir «su» embarazo.

El coche se detuvo ante una elegante hilera de casas y se obligó a relajar la mandíbula y los hombros. Vio la misma tensión en el rostro de Chessie y se inclinó para darle un apretoncito en la mano. Chessie tenía los dedos helados.

–Me alegro mucho de que hayas venido –dijo Chessie con una sonrisa débil.

–Yo también –Isabelle le devolvió la sonrisa.

Desde la acera, la casa de Cristo parecía igual a todas las demás que bordeaban Wentworth Square. Isabelle parpadeó al ver la fachada tradicional. Había esperado algo más extravagante y exótico. Se recordó que Cristiano Verón era la personificación de lo impredecible.

Tuvo que recordárselo varias veces más cuando entraron. Dado su trabajo estaba acostumbrada a casas grandiosas y bien decoradas, dignas de portadas de revistas de diseño. Pero esa superaba cuanto había visto en un mil por ciento y en varios millones de libras.

Mientras recorrían habitación tras habitación de puro esplendor georgiano, miraron boquiabiertas el exquisito detalle de las molduras, las chimeneas de mármol y los muebles antiguos. Por no hablar de la escalera que, desde el centro de la casa, subía hacia las tres plantas superiores, con galerías abiertas y ornadas barandillas.

Además, estaba el guía de la visita que Cristo había presentado como Crash, sin explicar su posición en la casa ni si ese era su nombre de pila o su apellido. Isabelle se había preguntado si sería un nombre extranjero, como Krasch o Craczj, hasta que él, con pulido y perfecto inglés, le dio una lista de mensajes a Cristo, que se retiró a sus aposentos en la primera planta. Entonces había pensado que sería el mayordomo, aunque los vaqueros, camiseta negra, pelo largo y rostro sin afeitar no sugirieran ese cargo.

—Cristo la compró hace tres años —dijo con orgullo, mientras las conducía a sus habitaciones—. El propietario anterior tenía un gusto pésimo. Terminamos de redecorarla el año pasado.

Isabelle se detuvo en medio de la sala que había entre los dos dormitorios.

—¿Redecorasteis toda la casa? Debe de haber supuesto todo un reto.

—El reto fue conservar los elementos de diseño originales y hacerla habitable.

—¿Podemos tocar? —preguntó Chessie, que había estado a punto de tocar un precioso cortinaje que iba de suelo a techo.

—Todo —replicó Crash, seco—, menos el Renoir.

—Bromeas —Chessie miró el cuadro que había sobre la chimenea y emitió un gemido—. ¡No! —giró en redondo—. Los cuadros del salón… También son originales, ¿verdad?

—¿Quieres mirarlos de cerca?

Chessie asintió e Isabelle les dejó marchar. No era una apasionada del arte, como su hermana. Y quería hablar con Cristo antes de que él se fuera a su finca campestre. Le había mencionado a Crash que tenía que ir a comprobar que su adorada yegua se estaba recuperando, pero había accedido a hablar con Isabelle antes de partir.

Crash había señalado sus habitaciones, en la primera planta. Mientras bajaba, Isabelle se preguntó cómo sería vivir allí. Había obras maestras en cada pared y las espesas alfombras que apagaban el ruido de los pasos eran obras de arte en sí mismas.

Cristiano Verón vivía en un mundo de proyectos de redecoración multimillonarios, limusinas y aviones privados. Supuso que Hugh Harrington también.

Un mundo en el que las hermanas Browne trabajaban, no un mundo en el que vivieran.

Solo se sentiría cómoda allí trabajando, y solo después de saber cuándo iba a hablar Cristo con Harrington. No había tenido la oportunidad de preguntárselo. Desde aquella noche en Melbourne no había estado un minuto a solas con Cristo.

Llamó en la puerta con los nudillos, rezando por haber elegido la correcta. La sala de estar, no el dormitorio. El golpe resonó en la madera.

Él abrió de inmediato, como si estuviera a punto de salir. Pero no podía ser, solo llevaba puestos unos vaqueros y sujetaba el teléfono contra el oído. Tras sus anchos hombros desnudos y el musculoso brazo con el que mantenía abierta la puerta, se veía una cama.

Una cama ancha cubierta con una colcha color chocolate. Parecía de terciopelo, como él.

Miró de la cama a su rostro. En sus ojos entrecerrados captó un brillo de calor y satisfacción depredadora, una invitación para entrar en su guarida y hacer algo más que hablar. Su cansancio se esfumó; revivió con un cosquilleo de anticipación y un susurro de peligro.

«Puerta errónea, cama errónea, cosquilleo erróneo y, sobre todo, hombre erróneo», pensó.

***

Cristo no la esperaba tan pronto, apenas había tenido tiempo de ducharse y menos de vestirse, ni la esperaba en la puerta de su dormitorio. No le importó, cualquier interrupción de esa llamada telefónica era bienvenida. Y si quien la interrumpía era Isabelle Browne, con una masa rizos dorados sobre los hombros y ojos abiertos, cálidos y sorprendidos, aún más bienvenida.

–Te llamaré después –interrumpió las quejas de Vivi sobre el catering–. Tengo compañía. ¿Vas a entrar o no? –abrió más la puerta. Isabelle mascullaba algo de volver más tarde.

–No si interrumpo.

–Siempre puedes ayudar –alzó un hombro desnudo para aclarar la insinuación.

–Me refería a la llamada telefónica.

–Solo era mi madre –dijo él con desdén. Al ver su mirada desaprobadora, se explicó–. Quería hablar de un problema de planificación de la boda.

–Y puede que no haya boda –murmuró ella.

–Exacto.

Sus miradas se encontraron, solemnes, recordándoles por qué estaban allí. No se trataba de ellos ni de su atracción física. Aún. La gravedad del asunto de Harrington y su hermana era como un nubarrón negro en el horizonte. Pero al abrir la puerta y sentir el calor de su mirada y la reacción de su propio cuerpo, él había sabido que habría un tiempo para ellos.

Podía ser paciente. Abrir la puerta de su dormitorio a una Isabelle deseosa merecía la espera.

Dejó la puerta abierta y fue a dejar el teléfono en una cómoda. Vio, en el espejo, que ella se tragaba sus reservas, alzaba la barbilla y entraba... pero solo unos pasos. Se detuvo junto al umbral y miró la cama, a él y a su alrededor. Parecía incómoda y desconcertada.

Supo que quería huir de su dormitorio y de su semi-desnudez porque sentía la corriente eléctrica que chispeaba entre ellos. Lástima que no fuera buen momento, habría disfrutado persiguiéndola. Se sentó en la cama y agarró los zapatos y los calcetines.

—Corrígeme si me equivoco, pero supongo que no has bajado a contemplar cómo me visto.

—¿Has hablado con Harrington? —preguntó ella rápidamente. Él sintió la cálida caricia de sus ojos en los hombros y espalda cuando se agachó para ponerse el zapato. Alzó la cabeza y la pilló mirándolo. Vio el rubor de culpabilidad que teñía sus mejillas y no pudo controlar la elemental reacción. Si lo miraba así, su cuerpo reaccionaba.

—Por desgracia, no —contestó lentamente.

—¿Por qué no? —alzó la barbilla.

—Porque no contesta al teléfono.

—¿Sabe que has encontrado a Chessie? ¿Le has dejado un mensaje?

—¿A Amanda? —arguyó él con voz seca.

—¿Y en el trabajo? —insistió ella—. Tiene que tener una secretaria o ayudante.

—Que es Amanda.

—Oh.

Cristo observó cómo se mordía el labio inferior y el calor invadió su vientre, sus mulos y todo lo que había entre ellos.

—Puede que no sepa nada de él en varios días —advirtió—. Está fuera de la ciudad.

—¿Dónde?

–¿Importa eso?

Ella suspiró y dejó caer los hombros, en señal de derrota, pequeña pero definitiva.

–No es tan malo –Cristo se puso en pie–. A Francesca y a ti os vendrá bien un día para recuperaros del vuelo. Dormid, relajaos y cuando vuelva estaréis mejor preparadas para la reunión y su resultado.

No pareció convencerla, la preocupación arrugaba su frente. Cristo se acercó más, dominado por la necesidad de tranquilizarla, de ver sus ojos brillar de nuevo. A través de la puerta abierta se oyeron las voces de Crash y Francesca. Ladeó la cabeza e hizo un gesto a Isabelle.

–Tu hermana agradecerá tener algo de tiempo.

–Tienes razón con respecto a Chessie –concedió ella. Él fue a cerrar la puerta.

–¿Y tú, Isabelle? –preguntó, volviéndose hacia ella. Podría haber sonreído o haber retrocedido para darle más espacio. Sin embargo, se inclinó hacia ella y posó un pulgar sobre una de sus ojeras–. No dormiste en el avión. Espero que te sientas lo bastante cómoda aquí para compensarlo.

–Eso dependerá.

–¿De?

–De mi papel en esta casa –alzó la barbilla y lo miró con expresión determinada.

–¿No te gusta ser una invitada?

–No, si me estás pagando, no.

Cristo cruzó los brazos sobre el pecho y la miró, reflexivo. Era puro disimulo. Había sabido que ella no lo dejaría pasar, que insistiría en trabajar por su sueldo.

–¿Qué tenías en mente? –preguntó.

–No puedo decirlo sin saber cómo tienes organizado el servicio. Ni siquiera sé qué hace Crash. ¿Es tu mayordomo?

–Mayordomo, cocinero, mozo. Dirige la casa.

–¿Solo?

–Más o menos.

–Entonces seguro que le irá bien algo de ayuda. Tal vez en la cocina –sus ojos se oscurecieron con determinación renovada.

Los labios de Cristo se curvaron.

–¿Eso es un problema? –preguntó ella.

–Crash es, digamos, un poco territorial.

–¿Respecto a su cocina?

–Respecto a toda la casa. Crash dirigió toda la renovación y decoración. Vive aquí. Yo paso más tiempo fuera de aquí que dentro.

–¿En la casa del campo?

–Chisholm Park es mi hogar, pero no paso allí tanto tiempo como me gustaría. Mi vida me obliga a viajar –alzó un hombro con resignación–. Este lugar es conveniente cuando estoy en la ciudad, y favorece los negocios. Impresiona a los clientes.

–Lo imagino –dijo Isabelle, mirando a su alrededor con una nueva perspectiva. Las habitaciones eran impresionantes, pero no veía a Cristo en ellas. Era demasiado grande viril y exultante en su masculinidad–. Tú colaboraste en esta habitación –musitó ella–. Esto eres tú.

–Buena observadora –dijo él.

Solo fueron dos palabras, pero la llama de sus ojos dejó a Isabelle sin aire en los pulmones. Se sentía incapaz de romper la intensidad del momento.

–Tendrás que explicarme cómo has llegado a esa conclusión –dijo él con voz tan cálida como sus ojos–, y qué ves que soy «yo».

Antes de que se le ocurriera una respuesta, llamaron a la puerta. Una voz femenina resonó, estridente, por toda la habitación.

–Cristo, tu lacayo dice que no se te puede molestar, pero creo que está de guasa. Si es verdad que tienes a una mujer ahí dentro dilo rápido, porque si no entraré.

–Mi hermana –dijo Cristo, aún mirando a Isabelle a los ojos–. ¿Le digo que se vaya?

A Isabelle le dio un vuelco el corazón y se preguntó si lo decía en serio. Los ojos de él chispeaban con malicia. Abrió la boca y la cerró.

–¿Cristo? –Amanda golpeteó en la puerta–. Lo digo en serio, necesito hablar contigo.

–Vamos a necesitar alguna explicación –dijo Cristo, apesadumbrado.

–¿De mi presencia aquí?

–Porque estés en mi dormitorio, sí, pero, más importante, algo que justifique tu presencia y la de Francesca en mi casa.

Capítulo Siete

Amanda entró como un vendaval de indignación. Dio a Cristo un puñetazo en el brazo y lo abrazó, sin dejar de regañarlo por no abrir la puerta, no contestar a sus mensajes y, finalmente, por irse a Australia sin dar explicaciones.

Isabelle se dio cuenta de que Cristo ni siquiera intentaba hablar. Simuló dolor al recibir el diminuto puñetazo y luego la abrazó con afecto genuino y expresión tolerante. Eran todo un cuadro: él un gato grande, poderoso y bronceado, su hermana una gatita preciosa, con coleta castaña y piel pálida como la porcelana.

Amanda, sin tomar aire, pasó de las quejas genéricas a una apasionada arenga sobre cambios inesperados en el menú.

—Harry odia el marisco. Se lo dije a la planificadora: no me escucha —clamó, indignada.

Isabelle odiaba el melodrama, había sido la especialidad de su madre; tras un minuto observando a Amanda supo que el regreso de Hugh y la noticia de Chessie no serían recibidos con calma y estoicismo.

Sintiéndose como una intrusa, Isabelle intentó desdibujarse, fundirse con los muebles. No era imposible; era una destreza que había aprendido a muy temprana edad y muy útil en su trabajo.

Cristo le dio la vuelta a su hermana con una intención muy clara. Isabelle abrió los ojos, suplicándole que no lo hiciera. El maldito hombre no le hizo ningún caso.

–Toma aire o te ahogarás –le dijo a su hermana–. Y después podrías saludar a Isabelle.

–Oh, lo siento –dijo Amanda. Sus ojos escrutaron a Isabelle con curiosidad–. Ni me había dado cuenta de que estabas ahí. Debes de pensar que estoy completamente centrada en mí misma.

–Lo estás –murmuró Cristo.

–Lo sé –admitió ella. Sonrió a Isabelle con calidez y sin rastro de arrepentimiento–. Esta boda me ha convertido en una especie de monstruo. Estoy deseando que acabe para volver a ser yo misma. O, mejor, la señora de Hugh Harrington.

A Isabelle se le encogió el corazón. Buscó los ojos de Cristo pidiéndole ayuda, alguna guía para que la conversación no se convirtiera en un infierno. Él soltó a su hermana y agarró la mano de Isabelle. La atrajo hacia él y la desconcertó totalmente dándole un beso en la cabeza.

–Isabelle es la razón de que volara al otro lado del mundo –dijo él con voz grave y seductora. Apretó su mano para advertirle que no hablara.

Amanda no se había perdido nada. Sus ojos inquisitivos pasaron de Isabelle a Cristo.

–Vaya, hermano, estás lleno de sorpresas.

«La sorpresa mayor está por llegar. Y está en la casa, embarazada de tu infiel prometido», pensó Isabelle. Se preguntó qué ocurriría si se cruzaran en la escalera. Miró a Cristo, nerviosa.

–Crash se ocupará –dijo él con expresión tranquilizadora, volviendo a apretar su mano. Isabelle comprendió que había advertido a Crash de que no permitiera un encuentro. Le devolvió el apretón, absorbiendo su calor y energía. Seguiría el juego a Cristo.

–¿Qué problema tiene tu gorila? –Amanda arrugó la frente.

–Una emergencia en la cocina –contestó Cristo–. Isabelle quería ayudarlo con la cena. He estado convenciéndola de que no hace falta.

–Si me hubieras dicho que ibas a cenar en casa, habría cancelado mis planes para venir –Amanda le lanzó una mirada acusadora.

–Tal vez por eso no te lo dije.

–Bueno, sé cuándo sobro –rezongó ella–. Os dejaré con vuestros asuntos pero, por favor, ¿hablarás con el del catering? No nos hace caso ni a la planificadora ni a mí, pero tú tienes más peso.

Cristo le aseguró que se ocuparía de ello. Amanda los besó a ambos en la mejillas y le dijo a Isabelle que la llamaría para «comer en Ivy». Se fue tan bruscamente como había llegado.

Un segundo después volvió a asomarse.

–Casi me olvido. Vivi está en Roma en una exposición de Patrizio –puso los ojos en blanco–. Me dejó instrucciones estrictas para que fuera a la gala Delahunty, pero Harry no volverá a tiempo y tú ya estás aquí, así que no voy a ir. Supongo que irás con Isabelle. Eso, sin duda, hará que la noche sea más… interesante –sonrió con descaro.

–Buenas noches, Amanda –Cristo le cerró la puerta en las narices.

Isabelle no tenía ni idea de a qué había venido ese

último intercambio. Ya solos, el contacto de la mano de Cristo le pareció más intenso e íntimo. Estaba demasiado cerca de ella y supo que tenía que poner fin a la charada en cuanto dejara de darle vueltas la cabeza.

–Así que esa es tu hermana –dijo, por decir algo–. Es… –calló, porque no sabía cómo describir a ese diminuto torbellino.

–¿Gritona? ¿Agotadora? ¿Malcriada?

–Bueno, eso implicaría que alguien la ha malcriado –dijo ella. Cristo soltó una carcajada.

–Acepto parte de la culpa –cambió de postura e Isabelle sintió el roce de su cadera.

Algunas partes de su cuerpo se derritieron, otras se tensaron, pero percibió un cambio de actitud en él. Supo que iba a decir algo serio.

–Amanda nació con un soplo al corazón –dijo–. Siempre fue una cosita diminuta, frágil pero animosa. Necesitó varias operaciones, pero nunca se rindió, ni siquiera cuando su corazón dejó de latir. Así que, sí, tenemos tendencia a mimarla.

Al enterarse de que su corazón había dejado de latir Isabelle comprendió que Cristo fuera tan protector con ella. De repente, supo que quería sentir algo más que sus dedos en los suyos, incluso más que curvarse contra él, abrazarlo, buscar su boca y saborear esa risa ronca y varonil.

Quería saber más. Quería conocerlo.

–¿Y ahora? –preguntó con un deje de emoción en la voz–. Parece estar sana.

–Está fuerte como un buey. La última operación tuvo éxito.

–Me alegro –lo dijo con toda sinceridad. Odiaba

pensar que la perfidia de Hugh pudiera apagar la vivacidad de Amanda. Le había caído bien y ya odiaba a Hugh sin conocerlo–. Parece muy unida a su prometido.

–Eso me temo. Cree que es amor verdadero.

–¿Y tú no? –inquirió Isabelle, captando el deje cínico de su voz.

–Creo que hacen buena pareja –contestó él, sin hacer referencia al amor–. Amanda conoce a Hugh desde hace mucho. Es una gran amiga de su hermana y lleva dos años trabajando como su asistente personal. Pero, a pesar de todo lo que ha visto, está empeñada en ganárselo.

–¿A qué te refieres con ese «todo»?

–Tiene reputación de juerguista. Y sospecho que se ha ganado a pulso el apodo de Hugh Rompecorazones.

Isabelle sintió frío por dentro. Hugh Rompecorazones no parecía ser un hombre que fuera a asumir su responsabilidad con Chessic.

–Sin embargo, tú estás muy involucrado en los preparativos de boda…

–Como hermano y tutor de Amanda. No te equivoques, Isabelle. Al principio no aprobé el compromiso. A Hugh le ha costado un año de devoción por Amanda conseguir que cambiara de opinión. Creí que había madurado –dijo, sombrío–. Pensé que este matrimonio podría tener una vaga posibilidad de éxito.

–¿Dices «este» en contraposición a los dos matrimonios de tu madre? –inquirió Isabelle, recordando lo que sabía de su historia familiar.

–Cuatro, no dos.

–¿Tu madre se ha casado cuatro veces? –Isabelle tragó saliva.

–Y está planteándose una quinta. Patrizio, que nos divierte a todos con su recién estrenada carrera como artista –esbozó una sonrisa de puro cinismo–. Vivi también cree en el amor verdadero. Solo que aún no ha encontrado uno que dure más allá de la luna de miel.

Isabelle no tenía respuesta para eso, se sentía vacía y desmotivada. Necesitaba algo a lo que aferrarse, o algo que criticar, y el que él hubiera manipulado su presencia en el dormitorio le pareció lo más a propósito. Liberó su mano.

–¿Cómo vamos a solucionar lo que Amanda cree que vio aquí? –preguntó con brusquedad–. Cree que somos amantes.

–Para cuando acabe la noche, medio Londres creerá lo mismo.

–¿Qué quieres decir? –Isabelle alzó la cabeza.

–Amanda habla. Mucho. Imagino que a estas alturas irá por la sexta llamada.

–No pareces preocupado por ello.

–No lo estoy. Es la solución perfecta.

–¿Para?

–Explicar por qué tu hermana y tú vinisteis a Londres en mi jet privado y os alojáis en mi casa.

Ella lo miró con el corazón desbocado, preguntándose si hablaba en serio. Lo parecía.

–Nadie creerá que somos amantes.

–¿Por qué no?

–Porque… mírame –alzó los brazos para indicar su aspecto nada fuera de lo común y su sencilla ropa. Cristo la miró de arriba abajo, lentamente y con atención. Ella, ardiendo, bajó los brazos–. Nadie creerá que somos pareja.

–A Amanda no le resultó difícil.

–No sabe que soy ama de llaves. Tú vuelas por el mundo en un jet privado. Vives en Belgravia, juegas al polo y comes en sitios de los que nunca he oído hablar. ¡No sales con personal de servicio!

–Y sabes todo eso… ¿cómo?

Era un testarudo. Tenía que hacerle entrar en razón antes de que hiciera algo realmente absurdo, como aceptar la sugerencia de Amanda y llevarla con él a esa gala. Tragó aire con esfuerzo.

–Esa gala que mencionó Amanda…

–Es una cena benéfica con subasta –explicó él–, organizada por uno de los mejores amigos de mi padrastro, miembro de la junta directiva de Chisholm Air. Alistair era benefactor de la Fundación Delahunty y su empresa sigue siendo una de las mayores patrocinadoras.

–Yo no podría ir contigo a algo así. No sabría qué decir ni cómo actuar. Sería como Julia Roberts con los caracoles en *Pretty Woman*.

–Creo que el tema de este año es ruso. Estoy seguro de que no habrá caracoles en el menú.

–No se trata de eso –masculló ella. Quería agarrarlo del cuello y sacudirlo–. Ni siquiera tengo ropa adecuada para una fiesta normal.

–Eso es cierto –comentó él tras pensarlo un momento. Isabelle estuvo a punto de entonar el coro del *Aleluya*. Por fin la tomaba en serio–. Tengo que ir a la oficina por la mañana, pero luego te recogeré. Sobre la una, supongo.

–Recogerme ¿para?

–Para llevarte a comprar lo que necesites para este papel.

—¿Este papel? –repitió ella, desconcertada.

—El de mi amante, novia, querida, mujer. ¿Cuál de esos títulos prefieres?

Isabelle se acaloró y luego se quedó helada. No solo por sus palabras sino también por su tono de voz y el brillo oscuro y satisfecho de sus ojos. Pensó que quizá pretendía llevar el juego hasta el final y sintió un cosquilleo de excitación.

—No –sacudió la cabeza–. No lo haré. Preferiría fregar suelos.

—Lástima, porque no necesito una fregona. Has venido aquí insistiendo en que eras mi empleada –la miró con determinación que no admitía réplica–. No necesito ayuda doméstica. No necesito chófer o un ayuda de cámara –para demostrarlo fue al vestidor y salió poniéndose una camisa–. Te necesito aquí con tu hermana. Necesito que mantengas a raya la curiosidad de Amanda y que interfieras si su camino se cruza con el de Francesca. ¿Entiendes?

Isabelle asintió. Eso estaba mejor, incluso parecía una idea sensata.

—Sí –afirmó–. Eso puedo hacerlo.

—Confío en ello.

—¿Y qué me dices del otro papel?

—¿El de mi amante?

—Tu amante simulada –recalcó ella. Eso tenía que estar claro desde el primer momento.

Él fue hacia ella, que le sostuvo su mirada. No se permitió distraerse con las manos que remetían la camisa en el pantalón ni con el borboteo de su sangre cuando se detuvo a su lado.

—Tengo plena confianza en ti, Isabelle –dijo con voz

seria, pero un deje malicioso–. Creo que me satisfarás en cualquier papel que asumas, sea simulado o no.

–¿Va a pagarte para que seas su amante una semana? ¿Y a comprarte ropa? –Chessie sonrió de oreja a oreja–. ¡Hola, Pretty Woman!

Isabelle no le devolvió la sonrisa. Paseaba por la sala, inquieta. Le costaba creer que había aceptado la ridícula charada y después había dormido doce horas seguidas. Amante de pega de Cristiano Verón. A la luz de la perfecta mañana primaveral, la idea tenía tan poco sentido como la referencia cinematográfica de su hermana.

–No es que vaya a actuar como su querida y vestirme para impresionar a sus socios de negocios. Va a comprarme algo para que no desentone en una cena benéfica –resopló–. Como si vestirme con ropa cara fuera a cambiar algo.

–¿Qué quieres decir?

–Todo el mundo sabrá que soy un fraude.

–¿Porque no sabes distinguir entre las copas de tinto y blanco? ¿O qué cubiertos utilizar en cada plato? –la miró–. Puedes cocinar, y servir una cena formal de siete platos con los ojos cerrados. ¿Cuál es el verdadero problema? ¿Es Cristo?

–Es Cristo y haber conocido a Amanda –desvió la mirada. Le había contado a su hermana el encuentro, pero sin dar detalles. No quería que Chessie dejara que sus problemas de salud influyeran en su decisión de futuro–. Quiere que represente el papel de amante. Sé que solo es para justificar que estemos aquí y acallar la curiosidad de Amanda, pero me paga por ello y encima va a gastarse más dinero en ropa elegante.

–Ropa necesaria –insistió Chessie–. Considéralo un uniforme.

–¿Un uniforme que costará cientos de libras?

–Miles, imagino –apuntó Chessie, risueña–. Vamos, Belle, ya sabes cómo gastan dinero estos millonarios. Mira a tu alrededor. ¿Cuánto puede haber costado decorar esta habitación? Para Cristo gastar unos miles de libras en un vestido es como dejar caer cinco céntimos al suelo. ¿Por qué no te limitas a disfrutar? Como Cenicienta en el baile.

Isabelle la taladró con la mirada.

–Te diré mi opinión –siguió Chessie, pensativa–. Creo que Cristo disfruta poniéndote nerviosa. Apostaría a que espera que te resistas más. Seguramente está en su oficina con esa sonrisita malévola que pone a veces…, ¿sabes cuál digo, no?

Isabelle tragó saliva. Lo sabía muy bien. Solo alzaba un poquito las comisuras de la boca. Una explosiva mezcla de sirope y testosterona que le derretía los huesos.

–¿Y por qué supones que sonríe? –preguntó, intrigada a su pesar.

–Por la perspectiva de otro enfrentamiento contigo. Imagina su sorpresa si llamas a la puerta, como una empleada eficiente, dispuesta a cumplir las órdenes de tu jefe con una sonrisa.

Isabelle se dijo que podía hacerlo. No porque estuviera de acuerdo con Chessie en que sería ganarle la mano a Cristo en su juego; era un maestro y él ganaría la partida. Pero tras años de cerrar los oídos a los melodramas emocionales de sus padres, Isabelle Browne prefería la paz y evitaba los enfrentamientos.

Y por molesta que fuera la situación, Cristo era su jefe. Era su empleada y nadie tenía por qué saber que, en el fondo, le atraía la idea de desconcertarlo mostrándose sumisa.

Tras aclararle a Chessie que ella no estaba jugando y que los incendiarios comentarios de Cristo eran típicos de un engreído, sacó sus vaqueros menos viejos y empezó a seleccionar ropa interior para la expedición de compras.

Había reducido la selección a un conjunto lila con encaje, un regalo de cumpleaños de Chessie que mostraba señales de desgaste, y uno blanco, básico pero casi nuevo, cuando Chessie la llamó.

–Cristo al teléfono –dijo–. Apenas lo oigo, pero supongo que quiere hablar contigo.

Entre el zumbido de motores, Isabelle oyó a Cristo explicar que tenía que volar a España sin falta, que volvería a tiempo para la cena benéfica y que Amanda la llevaría de compras.

Ella sintió cierta decepción.

–¿No te parece arriesgado? Pensé que intentarías mantenernos alejadas la una de la otra.

–Imposible. Me ha llamado esta mañana para que comiéramos los tres juntos.

–Oh.

–Deja que sea ella quien hable y todo irá bien.

–Pero, ¿y Chessie?

–Crash cuidará de ella.

***

Por eso estaba en el asiento trasero de un coche con chófer, en el centro de Londres. Había intentado escabullirse cuando Amanda llamó para concertar una hora de recogida y después cuando llegó cincuenta minutos tarde.

—Ha sido una crisis de último minuto —se había excusado Amanda—. Maldito trabajo.

—Deberías de haberme llamado para cancelar la cita —dijo Isabelle, apabullada por haberla sacado del trabajo—. No tienes por qué hacer esto.

—Oh, sí, claro que sí —había dicho ella, escoltándola a la limusina—. Un par de llamadas telefónicas y crisis evitada. Ahora voy a tomarme un largo descanso porque puedo. Tengo enchufe con el jefe —le confió. Alzó la mano izquierda y el sol destelló en su anillo de diamantes.

—El anillo es precioso —se sintió obligada a decir Isabelle, con la boca seca.

—¿Verdad? Harry lo encontró cuando se ocupaba de vender una propiedad en Bavaria.

—Supongo que viaja mucho en su trabajo.

—Mucho y a menudo. Normalmente no me molesta, pero ahora, con tanto que organizar para la boda… —su voz se apagó y por un momento pareció vulnerable, casi perdida. Sonrió—. Sospecho que se ofreció voluntario para este viaje: «Por favor, Justin, encuéntrame algo que me obligue a salir de la ciudad. Esta boda se ha convertido en un monstruo que domina mi vida».

Esa sinceridad y sentido del humor hicieron que

Isabelle odiara seguir con la charada. La hermana de Cristo le caía demasiado bien.

–Escucha –dijo, sin atreverse a mirarla a los ojos–. Estás demasiado ocupada para hacer esto.

–¿Para ayudar a Cristo? Nunca. ¿Sabes cuántas veces me ha pedido ayuda? –Amanda alzó una ceja, esperando una respuesta.

–Ejem… ¿pocas? –adivinó Isabelle.

–Exacto. Y quiero equilibrar la balanza un poco –afirmó–. Además, vamos de compras, uno de mis pasatiempos favoritos, y a gastarnos el dinero de Cristo y eso, según él, es otro de ellos.

Isabelle la miró dubitativa.

–Hazlo por mí –dijo Amanda–. He llamado y está todo organizado. Nina nos hará un pase privado de toda su colección.

–¿Nina?

–¡Hemos llegado! –Amanda señaló el discreto escaparate de una tienda.

Isabelle parpadeó. Había esperado… otra cosa. Quizás un Selfridges, o Harvey Nichols, o un cartel que clamara «Alta Costura Prohibitiva».

–Si hubiera tenido más tiempo habría llamado a un modisto, pero Nina es la siguiente mejor opción. Tiene todas las firmas y un gusto exquisito. Vamos. Gastaremos una cantidad desorbitada de dinero de mi hermano –al ver la expresión de Isabelle, sonrió con malicia–. No te preocupes, tiene de sobra. Y cuando te vea vestida por Nina, lo dará por bien empleado.

Capítulo Ocho

Cristo se detuvo ante la puerta. Dentro sonaba música de Vivaldi a gran volumen. Seguramente apagaría el sonido de su llamada, pero aun así le dio un minuto para abrir. Según Crash, con quien se había cruzado en la escalera, estaba preparada y esperando. Según el mensaje de texto de Amanda, tenía el vestido, zapatos y peinado perfectos.

La verdad era que él había esperado más resistencia. Tanto a la expedición de compras como a asistir a la gala de su brazo. Mientras volvía del aeropuerto preveía una batalla de palabras y voluntades con expectación y cierta impaciencia. Las veinticuatro horas que llevaba sin verla se le habían hecho eternas y acababa de dedicar treinta minutos a ducharse, afeitarse y vestirse. Traje de etiqueta y corbata negra, imperativos en ese tipo de eventos a los que estaba obligado a asistir.

Sin embargo, esa noche no se sentía obligado. Su cuerpo zumbaba de excitación. Cansado de esperar, abrió la puerta.

En la sala se veían los rastros de una exitosa expedición de compras. Bolsas, varios pares de zapatos abandonados, un bolso de noche con pedrería que reflejaba la luz en todas direcciones.

Pero no a Isabelle.

La puerta de su dormitorio estaba abierta y, a pesar

de la música, captó una risa burbujeante. Sonrió y su cuerpo reaccionó al reconocerla. Sin duda la risa era suya, no de Francesca.

Recogió un zapato del suelo y fue hacia la puerta pero se detuvo de repente, impresionado al ver a Isabelle. Tenía la cabeza vuelta hacia su hermana y le lanzaba un último comentario; tardaría unos segundos en verlo. Suficientes para que él tuviera tiempo de cerrar la boca.

Ella se volvió con ojos risueños. Parpadeó.

—Estás aquí —dijo.

—Eso parece.

El primer impacto se había debido a ella: a su piel cremosa, el movimiento de su cabello y la estimulante caricia de su risa.

Examinó el resto de la imagen de arriba abajo. Su vestido era una columna escarlata de tejido suave y lustroso, con un corte que sacaba el mejor partido posible de su figura. Sus pechos se alzaron cuando tomó aire, ella se llevó una mano al profundo escote.

El vestido se arremolinaba alrededor de sus pies, estaba descalza. Cristo alzó el zapato que había recogido del suelo.

—¿Es tuyo?

—Tuyo —contestó ella, alzando la barbilla con orgullo. Eso le hizo saber que no aceptaría la ropa. Se la pondría, pero seguiría perteneciéndole a él.

Sus miradas se encontraron y la electricidad volvió a chisporrotear entre ellos. A pesar de sus palabras y su actitud, Cristo supo que sentía lo mismo que él, la misma química.

Esa era la Isabelle que lo hechizaba. La que se mantenía firme en su postura y le aguantaba la mirada.

–Si es mío –dijo, sujetando las delicadas tiras plateadas con una mano y golpeando el tacón de aguja contra la palma de la otra–, entonces podré ponértelo, ¿no, Cenibella?

Al oír el juego de palabras con su nombre, sus ojos destellaron con irritación. No tuvo tiempo de quejarse porque Francesca apareció en el umbral.

–Eso es trampa –dijo Chessie, señalando el zapato–. Es obvio que le quedará perfecto, dado que se lo has comprado tú.

–Aguafiestas.

–En realidad no –le contestó–. Porque voy a irme y dejaros que os divirtáis como queráis.

El comentario recibió una sonrisa risueña de Cristo y una mirada punzante de su hermana.

–No hace falta –dijo Isabelle–. En cuanto me ponga los zapatos, nos iremos también.

–Entonces os veré abajo –contestó Chessie–. Voy a ver si la carroza y los caballos están listos.

La puerta se cerró a su espalda. Se quedaron solos. Él le entregó el zapato.

–No hay carroza –dijo–, solo la limusina.

–A Chessie le encanta provocarme.

–¿Y el tema de Cenicienta le funciona?

–Bastante –dijo ella, recogiendo el otro zapato y calzándose. Se enderezó y, ocho centímetros más alta, lo miró a los ojos–. Dado mi trabajo es una broma habitual. No suelo prestar atención.

–¿Pero hoy tienes razón para prestársela?

–Las compras, el vestido, es todo excesivo.

–No, el vestido no es excesivo –negó él con suavidad–. De hecho, es justo lo que pedí.

–¿Le diste a Amanda instrucciones específicas sobre cómo vestirme? –frunció el ceño.

–Generales, más que específicas.

–¿Por ejemplo?

–Pedí un vestido que realzara tu belleza sin apagarla. Estás… –bajó la mirada hacia la vena que latía en la base de su cuello y el rubor de su piel expuesta– casi perfecta.

–¿Casi? –lo miró entre confusa e indignada–. ¡Con el dinero que has gastado, no debería de faltarme nada!

–Solo esto –sacó un collar del bolsillo interior de la chaqueta. Una gargantilla de perlas de tres vueltas, clásica y pura perfección. Perfecta para el vestido y para Isabelle.

–No –se llevó la mano al cuello con ademán protector y dio un paso atrás–. Le dije a Amanda que el vestido era suficiente. No necesito joyas.

–Eso me dijo, pero no estoy de acuerdo.

–Es demasiado.

–Deja que sea yo quien lo juzgue. Date le vuelta –pidió.

–Las joyas no entraban en el trato –dijo ella, cuadrando los hombros.

–Que yo recuerde, tampoco el peinado y el maquillaje.

–Si tienes alguna objeción…

–No, ninguna.

–Me alegro –rezongó ella–. También los has pagado tú.

–Bien. Espero que consiguieras disfrutar un poco a costa mía.

–Te habrías ahorrado mucho dinero si hubiera ido con Chessie.

–¿Habrías ido? –inquirió él, rodeándola y admirando el vestido desde otro ángulo–. ¿Habrías elegido este vestido?

–No, había uno gris humo con...

–Odio el gris.

–Lo sé.

Cristo soltó una carcajada, ella frunció el ceño.

–Si pretendes irritarme vas a tener que esforzarte más –dijo él–. Estoy de buen humor.

–¿Ha ido bien tu reunión en España?

Esa emergencia ya era algo del pasado, estaba solucionada. Solo quería concentrarse en ella.

–Mejor de lo esperado –dijo. Alzó los brillantes rizos miel con una mano para dejar al aire su nuca, captó la sutil fragancia de su cabello y de su piel. Esperaba que ese gesto borrara España y el trabajo de su mente pero, por si acaso, se inclinó para inhalar el aroma de miel y azahar.

–Agradable –murmuró.

–Es Jo Malone –dijo ella–. Amanda insistió.

–Tengo que acordarme de agradecérselo.

Le echó el pelo sobre el hombro y se tomó su tiempo para poner las perlas en su cuello, absorbiendo la chispa que produjo el contacto de sus dedos con su piel. Tal vez imaginó el rápido escalofrío de respuesta de ella. Pero no el calor que hizo que su sangre fluyera en dirección a la entrepierna.

El cierre del collar era sencillo. Cristo lo habría dominado a oscuras en cualquier otro momento, pero no tratándose del cuello de Isabelle. Sus dedos preferían detenerse en su piel. Sintió la tentación de inclinarse para besar un punto concreto situado bajo su deliciosa oreja.

—A este paso no llegaremos nunca —se quejó ella, pero su voz entrecortada no sugería impaciencia. Él se excitó más—. Déjame hacerlo.

—Ya me gustaría —gruñó él—. Estate quieta.

Enganchó el cierre, pero la tentación siguió presente. Se inclinó y posó los labios en la sedosa piel; ella botó como si la hubiera pinchado. La melena revoloteó sobre sus hombros cuando se dio la vuelta. Sus ojos se encontraron y el aire palpitó, cargado de consciencia y deseo.

—Gracias —se limitó a decir ella, alzando una mano hacia las perlas.

—Ha sido un placer.

Cristo habría insistido, aprovechado la corriente que circulaba entre ellos, pero ya llevaban retraso. Además, tenía por delante toda una velada con Isabelle, un festejo.

—¿Lista? —preguntó.

Ella asintió y recogió el bolso. Miró el reloj que había sobre la repisa de la chimenea.

—¿Llegaremos demasiado tarde? —su frente arrugada denotó preocupación.

—Un retraso prudente. Que seguramente nos favorezca —dijo él con una sonrisa.

—¿Por qué?

—Se fijarán en nosotros y las lenguas se dispararán —agarró su mano—. Llegar juntos, de la mano, con retraso y tú con algún rizo fuera de lugar. Eso pondrá fin a cualquier duda sobre la credibilidad de nuestra relación, ¿no crees?

***

Isabelle supuso que había agarrado su mano como demostración, pero tuvo que apoyarse en ella mientras bajaba las escaleras. Nunca había llevado unos tacones tan altos. Pero Amanda había rechazado sus protestas, «Es una cena», había dicho. «Estarás sentada» había añadido Nina. Ella, probándose ropa y absorbiendo datos sobre Cristo, desde el punto de vista de su habladora hermana, no había pensado que tendría que andar hasta esa mesa donde cenaría.

En la limusina él volvió a tomar su mano así que, a pesar del espacioso interior, estaba sentado demasiado cerca de ella. Sin llegar a tocarla pero muy cerca. Ella, simulando interés, miraba sin ver los lugares que él señalaba.

Por lo visto, Cristo Verón era la única atracción que Londres podía ofrecerle a sus sentidos. Aunque era comprensible, porque vestido de etiqueta el hombre estaba aún más impresionante de lo normal, eso la irritaba. Antes y después del hecho en sí, había odiado la extravagancia de las compras; sin embargo, se había probado todo lo que Nina le ofrecía y había salido de la tienda con una impresionante cantidad de ropa, apropiada para cualquier evento de los próximos días.

Gracias a los esfuerzos de Amanda, Nina y Perri, el estilista que la había peinado, parecía la novia de un hombre rico, pero solo por fuera. Se preguntó qué esperaba Cristo de ella, si seguiría dándole la mano, si bailarían, si le susurraría al oído y volvería a besar ese punto sensible que había besado antes.

Tal vez tuvieran que interpretar a dos amantes recientes que no podían dejar de tocarse. Sintió una oleada de calor en la sangre, igual que cada vez que él la rozaba o tocaba. Se frotó el brazo.

–¿Tienes frío? –preguntó él.

–No. Estoy… nerviosa.

–No tienes por qué estarlo.

–¿Aunque llamemos la atención y las lenguas se disparen?

–Lo dije en broma, Isabelle –dijo, apretando su mano–. No estés nerviosa. Lo harás de maravilla.

–No me conoces lo bastante para decir eso. Podría tener malos modales en la mesa o beber en exceso. Podría tropezar con estos tacones y caer de bruces en el regazo de algún duque.

–Un duque con suerte –murmuró él. Isabelle soltó el aire con un ruido mezcla de risa e incredulidad. La halagaba su confianza en ella.

Había confiado al dejarla en manos de Amanda y al pedirle que actuara como su acompañante. Si no olvidaba que se trataba de un trabajo, que no era Cenicienta de camino al baile, tal vez la noche fuera bien.

–Me ayudaría saber algo más sobre la gala –dijo, obligándose a pensar en su trabajo.

–¿Qué necesitas saber? La cena se compondrá de una serie interminable de platos, puede que algunos comestibles. Como el tema central es Rusia, podría haber ballet o cosacos montados a caballo. Habrá una subasta a beneficio de la Fundación Rani, que se dedica a la investigación del cáncer. Estaremos en la mesa de David.

Isabelle arrugó la frente. Había oído muchos nombres esos días y ese no conseguía encajarlo.

–¿David es el amigo de tu padrastro?

–Sí, David Delahunty.

–¿Hay una señora Delahunty?

–La fundación lleva el nombre de su difunta esposa,

Rani. Él no ha vuelto a casarse –hizo una pausa–. Asistirá su hija y también la hermana de Rani y su marido.

–¿Cómo se llaman? –se preparó para tomar nota mental.

–Relájate, preciosa, no hay razón para que lo sepas. Solo hace una semana que nos conocemos. Es lógico suponer que no hemos pasado ese tiempo hablando de la sociedad londinense.

Ella se sonrojó; por su mente pasaron tórridas escenas de cama. Necesitaba sentirse más segura.

–Si queremos hacernos pasar por una pareja, necesitamos una historia creíble –dijo.

–Sugiero que nos atengamos lo más posible a la verdad.

–Entonces, ¿nos conocimos la semana pasada cuando viniste a Australia en viaje de negocios?

–Eras mi ama de llaves –continúo él–. La fascinación fue instantánea.

–Fascinación, sí –aceptó ella, perdiéndose en la ficción y en sus ojos oscuros–. Pero era tu empleada. Habría perdido mi trabajo si me acostaba contigo.

–Por eso te convencí para que me acompañaras de vuelta a Inglaterra.

–¿Para llevarme a la cama? ¿Harías algo así?

–Sin duda –pasó la yema del pulgar por su muñeca y ella sintió una llamarada en el vientre.

–¿Y ahora somos amantes?

–¿Es un papel que estás dispuesta a representar? –preguntó él con voz grave y espesa.

Se miraron largamente, la atmósfera estaba cargada de erotismo. El corazón de Isabelle latía tan fuerte que apenas oyó la vocecita que decía: «Es un cuento,

Isabelle. El papel que representas». Se humedeció los labios.

–¿Creería alguien que no somos amantes?

–Ni por un segundo.

–Entonces, ¿esto es algo que haces a menudo? –alzó la barbilla para contrarrestar una ridícula punzada de decepción–. ¿Te vas de viaje y vuelves a casa con cualquier mujer?

–Nunca con cualquier mujer. Soy muy selectivo. ¿Necesitas detalles, estadísticas, los resultados de mi última analítica?

–No. Solo necesitaba saber cómo me vería la gente. Nunca he estado en esta situación.

–Guíate por mí. No bebas demasiado vino y deja a los duques en paz, todo irá bien –acarició de nuevo su muñeca. El coche se detuvo, habían llegado–. ¿Estás lista?

–Siempre y cuando no me olvide de mi papel y me ponga a recoger mesas o... –abrió los ojos de par en par– ¡me encuentre con alguien para quien haya trabajado!

–¿Te reconocerían sin uniforme?

–Tienes razón. No.

La puerta del coche se abrió para revelar una larga fila de porteros con librea, el resplandor rosado de las farolas en el suelo y montones de bellas parejas con ropa y joyas deslumbrantes, todos tan elegantemente retrasados como Isabelle y Cristo.

El estómago de Isabelle se contrajo por los nervios. Intentó no mirar a su alrededor boquiabierta, pero la belleza que bajaba del coche contiguo se parecía mucho a la chica de portada de la revista que había en su mesilla de noche.

–¿Esa es Lily Como-se-llame, la modelo?

–Probablemente –farfulló Cristo, con la indiferencia de alguien acostumbrado a ver supermodelos a diario. Ni siquiera miró de reojo mientras agarraba su mano y la atraía hacia él.

Isabelle, para disimular el estremecimiento de respuesta se volvió hacia él.

–El hombre que está con ella, es… –su voz se apagó y sus ojos se agrandaron, incrédulos–. ¡Oh Dios, sí que es él!

–Si ella es Lily Como-se-llame, diría que sí lo es –sus labios se curvaron–. ¿Te gustaría conocerlos?

–¿Los conoces? ¿En serio? ¡No, me estás tomando el pelo!

Él se rio, un sonido grave y ronco que acarició cálidamente a Isabelle.

–Le vendí un G5 el mes pasado. Nos hablamos, pero… –agarró su otra mano y la atrajo. Todos los sentidos de ella se volcaron en ese hombre, en la textura de sus dedos, el roce de su chaqueta en la cadera, el calor de su cuerpo. La potencia de café doble de sus ojos y su voz– preferiría que reservaras esa mirada de gacela deslumbrada para mí.

–Lo haría si supiera qué quiere decir eso.

–Quiere decir que estamos representado a una pareja de amante encandilados, ¿recuerdas?

–No lo he olvidado.

–Bien –aunque su boca sonreía, se había puesto serio. Supermodelos, estrellas del pop, miembros de la realeza, todo se difuminó. Y cuando él deslizó las manos hacia sus hombros, Isabelle no pudo disimular su respuesta. Se estremeció con una mezcla de calor y frío que tensó sus senos y ablandó su vientre.

Ella lo miró y se le desbocó el corazón al intuir lo que iba a hacer. Su boca inició el descenso. Se puso de puntillas y recibió el beso con los labios blandos, inspirando el aroma a cítrico y bergamota de su piel, absorbiendo su calor masculino y mareándose con la intensidad del deseo que invadía sus sentidos.

«Esto no es un juego», pensó. «Esto es real».

Ella habría profundizado en el beso, pero la boca de él se apartó, dejándola con ganas de más. Mientras recuperaba el aliento y el equilibrio, Isabelle sintió el frescor de la noche traspasar la burbuja sensual. Un segundo después comprendió que ya no estaban solos. Y, mientras Cristo le presentaba a David Delahunty y su familia, supo que el escalofrío que recorría su espalda no se debía al frescor de la noche de mayo.

Se debía al resentimiento que irradiaban los glaciales ojos azules de su hija mientras tomaban nota de los labios recién besados de Isabelle.

Capítulo Nueve

–¿Has disfrutado, Isabelle?

La limusina arrancó e inició el viaje de retorno a Wentworth Square. Isabelle se quitó los zapatos y simuló estar concentrada en masajearse los doloridos pies. Eso le dio tiempo para considerar la pregunta de Cristo y no a él. Sabía que se había acomodado al otro lado del enorme coche, se había aflojado la corbata y esperaba su respuesta.

Sí que había disfrutado del interesante menú, del excelente champán, de la música, el baile y de la presencia de celebridades. Aunque algo apabullada por la extravagancia, había disfrutado viendo las joyas, las piezas de arte y los viajes de lujo que habían salido a subasta. Habría disfrutado aún más si no hubiera estado recordando ese beso.

Tendría que haberse dado cuenta de que era parte de una escena perfectamente orquestada a beneficio de Madeleine Delahunty.

Además de eso, se había dado cuenta de otra cosa horrible. A pesar de decirse que estaba representando un papel como parte de su trabajo, en el fondo aún había tenido un resquicio de esperanza de Cenicienta yendo al baile. Había creído en la corriente de energía sexual que sentía cuando Cristo la miraba de cierta manera, le daba la mano o se reía de algo que había dicho.

Había creído en la posibilidad del cuento de hadas y eso había supuesto una caída mayor.

«Tonta, tonta, tonta», pensó.

Y lo más tonto de todo había sido su reacción. Parada en la acera, decepcionada y avergonzada de sí misma, había decidido que su único recurso era ganarle en su propio juego. Se había acercado más, agitado las pestañas y asumido con fervor el papel de estar loca por su amante.

Era posible, incluso probable, que se hubiera excedido. Pero no iba a pedir disculpas. Él había empezado con el beso y le había sugerido que siguiera su pauta. Si no le gustaba cómo lo había hecho, y eso era lo que había detectado en la pregunta, peor para él. Compuso su mejor expresión de calma y seguridad en sí misma.

—He disfrutado bastante, gracias.

—Tal vez un poco demasiado.

—¿Me he excedido? —preguntó con inocencia—. Era mi primera aparición como querida. No estaba segura de cuál era el límite, así que hice lo que me pediste y seguí tu pauta. Estoy bastante segura de que nos han visto como pareja. Querías eso, ¿no?

—No sabía que fueras tan buena actriz —masculló él.

—Gracias. A mi madre le gustaría saber que todas esas clases de drama sirvieron para algo.

—¿Así que todo ha sido una actuación? —su voz fue oscura, tan difícil de interpretar como su rostro—. El que no te apartaras de mi lado, los pequeños contactos, tu mano en mi muslo.

—Una actuación… y una venganza.

—¿Por?

—Por ponerme en esa situación. Por no contarme toda la historia. Por besarme delante de tus amistades.

El coche redujo la velocidad en un cruce y una farola iluminó su rostro, revelando su expresión. La inclinación de sus pómulos, la sombra de barba en su mandíbula, la carnosidad de su boca que esbozaba media sonrisa.

—Y, mientras, yo pensando: «Me ha tomado la palabra. Está esforzándose por conquistarme».

Isabelle comprendió que él estaba disfrutando de la situación. Tensó la mandíbula, indignada.

—¡Pretendía irritarte!

—¿Por qué será que eso no me sorprende? —dejó escapar una risa profunda, sonora y sexy.

—¿Acaso hay algo que te sorprenda?

Habían vuelto a las sombras y aunque no veía su rostro, Isabelle supo que la sonrisa había desaparecido. Se le aceleró el pulso.

—Tú me sorprendes, Isabelle —dijo él, serio. Apoyó un brazo en el respaldo del asiento y rozó su hombro con los nudillos. El vasto espacio que los separaba encogió y de repente faltó el oxígeno—. Constantemente.

—¿Es porque he demostrado una paciencia infinita al aceptar tus planes manipuladores…?

—¿Manipuladores? —interrumpió él, demasiado sereno para gusto de Isabelle—. ¿En qué sentido?

Ella giró en el asiento y lo miró, incrédula.

—Todo lo ocurrido esta última semana encaja en esa definición. Me contrataste con el único propósito de sacarme la verdad sobre Hugh. Utilizaste mi preocupación por Chessie y mi necesidad de dinero para coaccionarme a venir a Inglaterra y a interpretar el papel de amante tuya. Tendría que haber adivinado que tenías un propósito ulterior.

–¿Si te hubiera dicho que mi propósito ulterior era llegar a conocerte, habrías accedido a seguir trabajando para mí? ¿Estarías aquí conmigo?

El corazón de Isabelle se saltó un latido. «Llegar a conocerla. No». Había bebido buen champán, pero no lo bastante para sucumbir a su zalamería. Frunció el ceño con obvio disgusto.

–Me refería a cómo me utilizaste a mí y a nuestra «relación» –silabeó la última palabra con sarcasmo e ironía–, para hacerle saber a tu última novia que habías terminado con ella.

–¿Estás hablando de Madeleine? –sonó sorprendido, inseguro. Ella pensó que disimulaba.

–A no ser que hubiera allí otras ex tuyas a las que no tuve el placer de conocer esta noche, sí.

–¿Eso te dijo? ¿Que es mi exnovia?

–No con palabras, pero el mensaje fue claro –había sido obvio en cada palabra hiriente, cada gélida mirada–. Sentí las dagas clavarse en mi espalda. ¿Podrías comprobar si han dejado marca?

–Después –prometió él, como si le hubiera hecho gracia su respuesta–. No creas todo lo que te diga Madeleine –añadió, al ver su expresión.

–¿Estás diciéndome que no es una ex?

–Ni exnovia ni examante –se inclinó para capturar su mirada. Ella no pudo ignorar la sinceridad de su voz y de sus ojos. Maldito fuera.

–Entonces su actitud posesiva… ¿es?

–Un malentendido.

Isabelle resopló con escepticismo.

–¿Malinterpretó tu interés por ella? ¿Solo sois «buenos amigos»?

–Exacto. La conozco desde el día que llegué a Inglaterra. David, Rani y Madeleine fueron los primeros en darme la bienvenida. Nuestros padres eran muy buenos amigos y pasamos mucho tiempo juntos mientras crecíamos. Nuestros padres bromeaban llamándonos parejita –hizo una pausa e Isabelle comprendió que el tema lo incomodaba–. Por desgracia, mi madre sigue en las mismas.

–¿Quiere que os caséis?

–Exacto –bufó él–. A pesar de su historial, Vivi cree que todo el mundo debería casarse.

Era obvio que él no opinaba lo mismo. Isabelle recordó sus cínicos comentarios sobre el amor verdadero. También recordó la afilada lengua de Madeleine; aunque su sangre fuera puro veneno, su mente era tan aguda como su lengua.

–Pero Madeleine no lo consideraría una posibilidad si tú no la hubieras animado.

–Cuando su madre murió… –movió la cabeza y suspiró–. David lo pasó muy mal. Madeleine necesitaba un amigo.

Isabelle comprendió que Cristo había sido ese amigo. Ya había demostrado que estaba dispuesto a hacer cualquier cosa por los vínculos familiares.

–Y ella se hizo una idea equivocada respecto a tu apoyo.

–Madeleine siempre ha sido testaruda y caprichosa.

–Está acostumbrada a conseguir todo lo que quiere, y ahora te quiere a ti –dijo.

–Algo así.

Isabelle se sintió desinflada y vulnerable. Habría sido mejor no enterarse de la faceta compasiva de Cristo, ya le estaba costando bastante resistirse a su atractivo físico, y encima sentía una inesperada empatía con Madeleine y cierta vergüenza por cómo se había comportado. La gala era en honor de Rani Delahunty y recaudaba fondos para la investigación del cáncer que la había matado. Habría sido una noche difícil para Madeleine incluso sin la presencia de la supuesta nueva novia del hombre que deseaba.

–Así que hoy me llevaste contigo –afirmó ella, tensa–, para demostrarle a Madeleine que no te conseguiría. ¿No habría sido más compasivo decirle directamente que no te interesa?

–Lo he hecho, muchas veces y de muchas maneras, pero no esta noche –dijo él con voz intensa–. Te he llevado porque quería hacerlo.

–¿No para mantener a Madeleine a raya?

–Llevo manteniéndola a raya, como tú dices, media vida. No te necesito para eso, Isabelle.

–Pero me besaste porque ella estaba allí –persistió Isabelle. No quería pensar en para qué podía necesitarla él.

–Te besé porque llevo deseando hacerlo desde que te conocí.

–¿Incluso cuando creías que estaba embarazada de Hugh Harrington?

–Nunca quise creer eso. Quería creer en esto –volvió a rozar la piel desnuda de su hombro para demostrarle la corriente que existía entre ellos–. En esta química, Isabelle, y en tu honestidad.

–¿Honestidad? –deseó mofarse, pero estaba perdiendo el fuelle–. ¿Cómo puedes creer que hay algo genuino entre nosotros?

–¿Estarías más dispuesta a creerlo si te lo demostrara? –dio la vuelta a la mano y la posó en su hombro. La resolución de Isabelle se nubló.

–No –dijo, demasiado rápidamente. Inspiró lentamente–. No hay nada que demostrar.

–No estoy de acuerdo. Dudas de mis intenciones –tomó su mano, entrelazó los dedos con los suyos y la atrajo–. ¿Y si te besara otra vez, sin público y sin motivo ulterior?

–Tendrías el motivo de justificarte. Puede que Madeleine…

–Olvida a Madeleine.

–… esté acostumbrada a conseguir cuanto quiere –siguió ella–, pero tú eres igual. Creo que tenéis mucho en común. Deberías replanteártelo.

–En una cosa tienes razón. Me he acostumbrado a conseguir lo que quiero y soy lo bastante sincero para admitir que te quiero a ti –pasó el pulgar por la comisura de la boca–. ¿Qué dices tú, Isabelle?

Ella reconocía un reto cuando se lo lanzaban. Él deslizó la mano de su hombro a la piel desnuda de su espalda. Una caricia, una suave presión que la llevó a encontrarse con su boca.

–Un besito –susurró contra sus labios–, como prueba de que esta química es real.

Pero no tuvo nada de besito. Empezó donde había concluido el anterior, una dulce y sensual seducción de sus labios y sus sentidos, pero cuando ella se rindió, cuando las manos que iba a apartarlo cedieron a la tentación de tocarlo, se convirtió en mucho más. Fue una atrevida y extensa exploración de labios, lenguas y piel, un dar y tomar y un ardor que atravesó a Isabelle en cuanto abrió la boca bajo la de él. Ella se estremeció y oyó el gruñido satisfecho de él.

La química y el deseo mutuo eran reales.

Entonces él la colocó sobre su regazo y la apretó contra el duro calor de su cuerpo. Fue algo primitivo y salvaje, las manos de él en sus muslos, los pulgares siguiendo el borde de sus bragas mientras le lamía la boca. Ella se movió sobre él, buscando un mejor ángulo para el beso y un mayor contacto con la dura prueba de su deseo.

Perdida en la potencia del momento, perdió las nociones de tiempo, lugar y propiedad; olvidó las mil advertencias que se había hecho esos últimos días. Anhelaba más, sus manos querían tocar algo más que su camisa, su cuello, su rostro. Quería sentir su calor sin barreras. Estaba demasiado cerca y no lo bastante. La locura del deseo la aguijoncaba y cuando él, exasperado, maldijo en otro idioma, sentir su aliento en la piel la inflamó aún más. Giró en su regazo y puso las manos en los botones de su camisa, con una risita impaciente, hasta que se dio cuenta de que él estaba quieto y entendió el porqué.

Las manos ya no acariciaban sus muslos, la sujetaban. El coche estaba parado, pero no por el tráfico de Londres, sino porque habían llegado a Wentworth Square. Y alguien golpeaba en la ventanilla del coche.

Con calma, Cristo la colocó a su lado y le estiró el vestido. Le agarró la mano antes de bajar la ventanilla. Ella inspiró profundamente, el mundo dejó de girar y la oscura figura de fuera se materializó en el rostro de Crash.

—Más vale que sea importante —dijo Cristo.

–Ha llamado Hugh –dijo el mayordomo–. Desde Farnborough.

Isabelle notó que los músculos de él se tensaban y que su irritación por haber sido interrumpido se convertía en alerta.

–Pensé que no volvía hasta el fin de semana.

–Por lo visto llamó a Amanda anoche, y ella mencionó a Isabelle.

–Claro que la mencionó.

–Viene de camino. Creí que debía avisarte.

Isabelle no había creído que nada pudiera borrar ese beso de su mente. La noticia logró lo imposible. Se inclinó hacia la ventanilla.

–¿Lo sabe Chessie?

–Estaba en la habitación cuando llegó la llamada. Está esperando en la biblioteca.

Esperar la llegada de Hugh fue una tortura. Un diplomático Crash sugirió a Isabelle que podría subir a «refrescarse», como había hecho Cristo, pero ella sacudió la cabeza. A nadie le importaba que su ridículamente caro vestido estuviera algo arrugado, sus pies descalzos y su cabello y maquillaje descompuestos. Chessie ni siquiera lo había notado, clara indicación de que a pesar de su aparente calma exterior, los nervios la atenazaban por dentro.

Crash les llevó té y unos minutos después Cristo volvió luciendo vaqueros y un suéter fino. Buscó los ojos de Isabelle y ella asintió con la cabeza para indicarle que todo iba bien.

Se sentó frente a ellas y las distrajo preguntándole

a Chessie por su visita a la National Gallery y con buenas noticias sobre Giselle. Fue entretenido ver cómo le explicaba a Chessie las reglas básicas del polo con palabras, manos y una bola de papel. Chessie se relajó lo suficiente para hacer preguntas, aunque de vez en cuando miraba la ventana que daba a la calle.

—Es él —dijo, cuando sonó el timbre.

No podía ser otra persona, pasada la medianoche. Cristo se levantó y abrió y cerró los puños. Isabelle se preguntó si era para aliviar la tensión o con otro fin. En cualquier caso, Hugh Harrington se merecía lo que estaba por llegar.

Isabelle llevó la mano hacia la de Chessie, pero su hermana negó con la cabeza.

—Estoy bien —dijo—. Puedo hacerlo.

Cuando la puerta se abrió y Crash dio un paso atrás para dejar entrar al recién llegado, Isabelle no apartó la mirada del rostro de Chessie. Vio cómo se echaba hacia atrás y movía la cabeza tras mirar a Hugh. Cristo fue el primero en hablar, con voz dura y oscura como la madera de ébano que predominaba en la habitación.

—Hugh. Me alegra que decidieras volver a casa y enfrentarte a los hechos.

—No —Chessie seguía moviendo la cabeza, mirando de un hombre a otro—. ¿Qué está pasando aquí? Este no es Harry.

Capítulo Diez

El asombro fue general tras oír la declaración de Francesca y a Hugh responder que, según su pasaporte, utilizado una hora antes, era Hugh Harrington. Cuando Francesca lo negó, Hugh metió la mano en el bolsillo y sacó el documento, que Chessie se negó a mirar.

–¿Eres Isabelle Browne? –preguntó Hugh, y Cristo tuvo que intervenir como árbitro y explicar el intercambio de hermanas en Melbourne.

–Yo soy la embarazada –dijo Francesca, por si no había quedado claro–. Pero tú no eres mi Harry.

–No, no lo soy –dijo Hugh, pensativo. Luego se echó a reír con asombro–. Válgame Dios.

–¿Qué? –dijeron Cristo e Isabelle al unísono.

–Soy un Harry –contestó Hugh.

–¿Justin? –preguntó Cristo, que se había quedado paralizado al oírlo.

–Fue a Melbourne a la subasta –asintió Hugh.

–¿Se quedó en casa del cliente?

–Solo una noche.

–Por lo visto, fue suficiente –murmuró Cristo.

–¿De qué estáis hablando? –Isabelle, confusa, puso la mano en el brazo de Cristo–. ¿Hay otros Harrys?

–Justin es el hermano mayor de Hugh. No sabía que compartían el apodo. Ni se me ocurrió que pudiera tratarse de Justin.

–Ya te digo –Hugh parecía asombrado–. A mí tampoco.

–¿Por qué no? –preguntó Francesca–. Por favor, no me digáis que está casado, prometido…

–No –la cortó Hugh–. Justin no está casado, al menos ya no.

Tras múltiples preguntas, la historia encajó. Hugh había sido el representante de Harrington en Australia en enero, organizando la venta de una importante finca. Justin había ido a supervisar la subasta antes de volar a Nueva York. Según Hugh, esa era la vida de su hermano desde la muerte de su esposa el verano anterior: viajes constantes, dormir poco y trabajar como un autómata. Por eso ni se había planteado que Justin pudiera ser el «Harry» que buscaba Francesca.

Ambos habían tenido el mismo apodo en la escuela, igual que su padre, su abuelo y varias generaciones de Harrington, pero ya casi nadie lo utilizaba para referirse a Justin. Cristo entendía el porqué. A diferencia de su hermano menor, Justin Harrington nunca había sido uno de los juerguistas de la ciudad. Siempre había sido serio; no un Harry, sino *lord* Justin Harrington, vizconde y futuro conde, cabeza visible del tradicional y conservador negocio familiar. Y, según Hugh, era un ermitaño tras la trágica muerte accidental de Leesa.

–Que yo sepa ni siquiera ha tenido citas casuales –le había confiado Hugh a Cristo–. Me asombra la evidencia en contra. ¿Crees que Chessie pretende aprovecharse?

–¿La habría traído aquí desde Australia y alojado en mi casa si creyera eso?

–Por lo que dice Amanda, pensaba que la razón de eso bien podría ser su hermana.

Cristo no se molestó en contestar. Justin era quien tenía que confirmar la veracidad del asunto. Crash había ido a buscar un folleto con su foto y Francesca lo había identificado de inmediato.

–¿Está en Nueva York por esto? –preguntó, al ver la fecha de la subasta en el folleto.

–No solo por la subasta –contestó Hugh–. Un directivo clave dimitió este año. Dejó la oficina de Manhattan en un estado caótico.

–¿Volverá pronto?

–Para la boda. Pero llegará en el último momento. Lo mejor sería que lo llamaras, pero… –Hugh pensó un momento–. Me pregunto si te importaría mucho que nos guardáramos esto hasta después de la boda. Justin es mi padrino y preferiría que estuviera a mi lado en vez de en Las Vegas contigo.

–Eso no ocurrirá –sentenció Francesca.

–Entonces, te suplico que no des la noticia a mi familia antes de la boda.

–¿Me echarán de la ciudad? ¿O me obligarán a casarme a punta de pistola?

Hugh le aseguró que ni una cosa ni la otra, pero que posiblemente esperarían una boda antes del nacimiento del bebé.

–Somos muy tradicionales en ese sentido, pero no temas. Justin insistirá en hacer lo correcto. Por eso me preocupa decírselo ahora. No se trata solo de la boda, la subasta Carmichael es crucial para la reputación de Harrington en América. Tu noticia lo desconcentraría, me temo.

–No me importa esperar dos semanas más –dijo Francesca, pero eso tal vez nos convierta en huéspedes que alargan demasiado su estancia.

–En absoluto –afirmó Cristo–. No te sientas presionada para dejar mi casa o aceptar el retraso que sugiera Hugh. Puedo llevarte a Nueva York.

–Gracias, pero no quiero convertir esto en un safari alrededor del mundo. Esperaré hasta después de la boda –se puso una mano en el vientre–. Me quedan meses de paciencia.

Seguidamente, alegó que estaba cansada y subió a acostarse, seguida por su hermana que discutía su decisión, sin éxito. Hugh, satisfecho, se marchó poco después, pero Cristo no quedó ni satisfecho ni con ganas de retirarse. Tenía la sensación de que Isabelle volvería para hablar del nuevo giro y sus implicaciones para ellas dos. No tuvo que esperar mucho.

–¿Puedo servirte un coñac? –ofreció, guiándola hasta el enorme escritorio de ébano donde Crash había dejado una bandeja con la botella y copas. Ella estaba pálida y agitada.

–¿Ayuda?

–No hace daño –le pasó una copa y sus dedos se rozaron provocando las chispas de rigor. Pero ambos sabían que no era momento para eso.

Isabelle tomó un sorbo y emitió un murmullo de agradecimiento; él inclinó la cabeza.

–No solo por la copa, también por ofrecerle a Chessie la posibilidad de ir a Nueva York.

–¿Has conseguido que cambie de opinión?

Ella se rio alegremente y negó con la cabeza.

–Me temo que nunca tuve éxito en ese sentido.

–Tal vez necesite algo de tiempo para adaptarse al giro de la situación. Para hacerse a la idea de quién es realmente el padre de su bebé.

–Puedo preguntarte… –giró la copa entre las manos–. ¿Es como ha dicho Hugh que es?

–Justin es un hombre decente, apreciado y honorable. Francesca y el bebé están en buenas manos.

Ella se tomó su tiempo para digerir eso, pero lo aceptó. A Cristo le sorprendió que algo tan nimio le produjera tanto placer.

–Te habrá alegrado mucho esto –dijo ella–. Considerando la alternativa.

–Esta copa es de celebración –se acercó y brindó con ella–. Por las soluciones satisfactorias.

–Y un final feliz –añadió ella–, para todos.

Cristo brindó, pero ella notó su cinismo silencioso. Desvió la mirada y dejó de sonreír; tomó un trago y lo miró de nuevo.

–¿Y ahora? ¿Cómo vamos a guardar el secreto hasta después de la boda? Amanda es tan…

–¿Cotilla? –apuntó él.

–Curiosa; porque se preocupa por ti y cree que somos pareja. Me ha invitado a comer la semana que viene. Insistió en fijar un día y me preguntó si iría a su boda. No quiero seguir mintiéndole, si ve a Chessie y nota que está embarazada… No puedo seguir actuando dos semanas, Cristo. Creo que sería mejor que nos alojáramos en otro sitio.

–Estoy de acuerdo –aceptó él, pensando en llevársela a otro sitio, sin Amanda, Francesca ni Harrys. Ella parpadeó, sorprendida–. Quería pasar el fin de semana en Chisholm Park. Tú vendrás conmigo –dijo. No era la solución perfecta, pero estaría bien si conseguía que los dejaran en paz.

—¿Pero no irá eso en contra del objetivo?

—¿Cuál es el objetivo?

—Evitar que Amanda intente hacerme parte de tu familia. Estaba pensando que Chessie y yo podríamos irnos lejos, a un hotel o un hostal.

—¿A un sitio donde yo no esté? —la retó él—. ¿Se trata de eso, Isabelle?

—No —replicó ella—. Pensaba que Amanda, tu madre y el cortejo nupcial se alojarían en la casa familiar antes de la boda.

—Gracias a Dios, no. La iglesia del pueblo es demasiado pequeña, así que la boda es en Sussex, cerca de la propiedad de los Harrington. Todos los involucrados estarán al sur de Londres, en dirección opuesta a nosotros.

Ella, que había estado haciendo girar la copa entre las manos, alzó la vista y escrutó sus ojos.

—¿«Nosotros» incluye a Chessie?

—Es bienvenida. Pero antes mencionó cuánto está disfrutando de Londres y de las exposiciones.

—Es su idea del paraíso.

—Entonces tal vez prefiera quedarse aquí.

—Tú preferirías que se quedara —clamó ella, tensándose—. Sé sincero, se trata de eso, ¿no?

—Preferiría tenerte para mí, Isabelle, sin interrupciones —su voz bajó de tono y sus ojos reflejaron su mensaje.

De repente volvieron a estar en el coche, con la mano de él en sus muslos y la de ella en los botones de su camisa, jadeantes e impacientes. Pero cuando él dejó la copa para acercarse, Isabelle retrocedió. Giró e interpuso el escritorio entre ellos como salvaguarda.

–¿Qué estás proponiendo? –preguntó.

–Un fin de semana en el campo, sin simulaciones ni coerción, solos tú, yo y una docena de caballos. En cuanto a lo demás… juegas tú Isabelle. Estoy en tus manos.

–No te necesito de niñera y lo sabes. Quieres utilizarme como excusa –acusó Chessie, cuando le contó lo de la invitación. Isabelle había insistido para que su hermana la acompañara a dar un paseo matutino para hablar de su reacción a la identidad de «Harry». Pero muy pronto Chessie había monopolizado la conversación y, simulando fatiga, se había sentado en un banco y clavado los ojos en Isabelle, que seguía de pie–. Tienes miedo de lo que pueda ocurrir. Un fin de semana a solas con el delicioso Cristo. Eres una cobardica.

–Mira quién habla de cobardía –contraatacó Isabelle. No podía sentarse, necesitaba seguir andando y despejar la cabeza tras una noche en vela. Para volver a ser sensata y normal–. Podrías haber ido a Nueva York. Ya has recorrido medio mundo para encontrar a este hombre.

–Lo que descubrí anoche me basta por ahora. Dame una semana para que lo digiera.

–¿Una semana? Siempre tomas tus decisiones en menos de un segundo.

–Sobre nimiedades como un vestido azul o unos vaqueros –la miró con expresión seria antes de encogerse de hombros–. Dentro de unos días podría arrepentirme de no haber aceptado la generosa oferta de Cristo, pero por ahora me gusta mi decisión. A ti, en cambio, la tuya no.

–No me gusta esto –justificó, con un gesto que abarcaba las elegantes casas, el chófer que abría la puerta de un Rolls Royce, una mujer vestida de alta costura de pies a cabeza. Señaló sus vaqueros–. Yo no soy de Belgravia, Chess.

–Entonces te irá bien ir al campo.

–¿Crees que Chisholm Park será distinto?

–¿No sientes un poquito de curiosidad?

–No –escupió Isabelle. Pero cuando Chessie agarró su mano, se sentó y suspiró–. Un poquito no, mucha curiosidad.

La sentía desde que él había dicho que Chisholm Park era su hogar y había captado su impaciencia por volver. Y se había incrementado la noche anterior, cuando había entretenido a Chessie contándole las reglas del polo.

Ese era el hombre al que ansiaba conocer, al real, el que la noche anterior le había mirado a los ojos y hablado con total sinceridad.

«Sin simulaciones ni coerción, solo tú, yo y una docena de caballos».

–Me asusta cuánto deseo ir –admitió–. Me conoces, Chess. No soy de aventuras de fin de semana.

–Lo sé, pero ¿y si es más que eso? –discutió Chessie–. Te ha invitado a su casa, su hogar.

Isabelle rezongó con desdén. Tuvo que hacerlo para contrarrestar el latido alocado de su corazón.

–Solo es un fin de semana.

–Si solo es eso, ¿por qué no vas y satisfaces tu curiosidad? ¿Qué tienes que perder?

Capítulo Once

Cristo no volvió del lugar impronunciable a oír su respuesta: envió un coche. Según el seco mensaje de su ayudante ejecutivo, había sufrido un retraso inevitable y un coche la recogería a las ocho en punto.

–Como un paquete con entrega –gruñó Isabelle cuando se cortó la comunicación–. Me pregunto si su ama de llaves tendrá que firmar la recogida.

–No creo que haga falta –contestó Chessie–. ¿No está la finca muy cerca del aeropuerto que utiliza? Puede que esté allí cuando te dejen en la puerta. Esperando para desenvolverte.

Tras un viaje que se le hizo interminable, intentando no imaginar cómo sería que esas manos la desnudaran, Isabelle se sintió desinflada. No porque estuviera deseando que la esperase en la puerta; estaba demasiado molesta por su presunción al haber enviado un coche. Tendría que haberse negado a subir, no dejarse convencer por Chessie y por su esperanza...

«¿Y si él realmente siente la misma atracción, la misma explosión de fuego con cada contacto? ¿Y si es algo más que química, más que una intriga pasajera?».

Por desgracia, una parte de ella había sucumbido a esa noción. Una parte pequeña, porque era demasiado pragmática para imaginar que la simple y nada cosmopolita Isabelle Browne pudiera ser más que una novedad pasajera para un hombre como Cristo Verón. Otra parte de ella, ardiente, peligrosa y recién despertada, anhelaba ser esa novedad pasajera. Siempre había sido previsora, sensata y nada egoísta. Si alguna vez iba a olvidarse de la cautela y hacer algo que la complaciera, sin pensar en las consecuencias, esa era su oportunidad.

Era una idea excitante, casi podía oír la voz de su hermana animándola. Chessie no solía ser cauta, pero a veces eso tenía consecuencias.

Isabelle se adormiló antes de llegar y, a la decepción de perderse ver Chisholm Park desde la distancia por primera vez, se unió la de ser recibida por el ama de llaves. Meredith, una alta y estilosa pelirroja que no lucía uniforme le dijo que Cristo tardaría horas en llegar. Después le enseñó la casa, pero Isabelle, descentrada, apenas prestó atención a sus comentarios.

Isabelle declinó su oferta de comida o té y Meredith se preparó para marcharse.

—Cristo dijo que te pusieras cómoda. ¿Recuerdas dónde está todo? ¿La cocina, la biblioteca y la salita de la televisión?

Isabelle dijo que sí, dado que no tenía ninguna intención de recorrer los interminables pasillos o esperarlo levantada. No deshizo el equipaje y se tomó su tiempo preparándose para la cama: suponía que seguiría dando vueltas hasta pasadas las once. Pero tras un periodo inquieto, se rindió al abrazo del edredón de plumas y durmió hasta pasadas las seis. Por primera vez en semanas se sintió descansada y lista para enfrentarse al día. Los pájaros canturreaban en el exterior, pero la casa seguía durmiendo. Bajó los dos tramos de escaleras y salió. Anhelaba su paseo matutino, tiempo para pensar antes de enfrentarse a una conversación o tomar decisiones.

Hacía una mañana espléndida para pasear. El aire era fresco y, a pesar de los vaqueros y el suéter que llevaba, fue a ritmo rápido pensando solo en hacer ejercicio. Pero pronto le resultó imposible ignorar los cantos de los pájaros y la vibración producida por un pájaro carpintero la llevó a detenerse y mirar los árboles para localizarlo. A lo lejos vio un grupo de caballos de pelaje brillante bajo el cielo azul. Giró en círculo y tuvo la primera panorámica de la casa.

Si la casa de Belgravia le había parecido impresionante, esa lo era más. Tres plantas de ladrillos rojizos que se alzaban como un castillo entre interminables praderas verdes.

—Chisholm Park —murmuró mirando las extensiones de hierba salpicadas de arbustos y árboles. Robles, hayas y fresnos, y al oeste, tras un frondoso bosquecillo, captó el destello del sol en el agua.

Intrigada, dejó el camino, cruzó un prado y descendió por la colina hasta que pudo ver lo que resultó ser un pequeño lago. Era perfecto, parecía un decorado de película.

Siguió caminando hasta que el suelo se niveló. Se detuvo al oír el sonido distante de cascos de caballo al galope. Curiosa, cambió de dirección, atravesó un seto boscoso y salió a un campo con el césped cortado al ras donde un trío de caballos y jinetes galopaban tras una bocha de polo. Reconoció a Cristo de inmediato, a pesar del casco. Con pantalones blancos y botas altas color crema, hizo maniobrar a su reluciente caballo negro y adelantó a los demás con facilidad.

Isabelle se quedó fascinada.

Lo había visto practicar polo antes, pero a distancia. No había estado lo bastante cerca para sentir la reverberación del suelo, captar el olor a caballo y tierra u oír los gritos que indicaban el inicio de una nueva jugada. Observó el juego transfigurada. Cristo iba el primero y al verlo inclinarse peligrosamente por el costado del caballo, dio un respingo de alarma.

Agitó el taco, que describió un arco perfecto y golpeó la bocha por debajo del cuello del caballo, alejándola del alcance de sus contrincantes.

Isabelle, sonriendo de oreja a oreja, alzó las manos para aplaudir y se dio cuenta de que la bocha iba hacia ella. No quería interrumpir la práctica; se habría escondido entre los árboles, pero Cristo la vio.

Alzó la cabeza y se tensó; Isabelle supo que la estaba mirando. Sintió el escalofrío habitual y fue incapaz de moverse. Él ralentizó la marcha y lo oyó gritar a los demás que detuvieran el juego.

La bocha rodaba más despacio en la hierba espesa e Isabelle dio unos pasos hacia ella. No notó que un caballo se acercaba hasta que se cruzó en su camino. Sintió la onda de aire rozarla tras el poderoso *swing* del taco.

Se apartó del peligro de un salto. El jinete alzó la cabeza y reconoció la venenosa sonrisa de unos labios escarlata. Madeleine. Se echó hacia atrás, sin aire. Vagamente, oyó el ladrido airado de Cristo a Madeleine y un segundo después él llegaba a su lado y desmontaba.

Estaba segura de que la habría rodeado con los brazos si ella no se hubiera evadido alzando las manos para detenerlo. No quería mimos.

–Estoy bien –le aseguró, con la voz cascada de ira–. Es obvio que ella necesita practicar. Ni siquiera ha rozado la bocha.

Él maldijo, se arrancó el casco y el guante y los tiró al suelo con el taco. Se pasó la mano por el pelo, alborotado y la miró. A ella la enfureció aún más reaccionar a su mirada.

–Seguiré con mi paseo. Si es seguro andar por aquí… –señaló el camino que bordeaba la cancha–. ¿O debería volver por donde he venido?

–Iré contigo –dijo él.

–¿Protección? ¿Te parece necesaria?

Empezó a alejarse, pero él la detuvo poniéndole una mano en el hombro. Deseó darle un manotazo, pero los otros dos jinetes los observaban. No iba a ofrecer a Madeleine y a su acompañante una demostración de furia.

–Tenías derecho a enfadarte, incluso antes de la actuación de Madeleine. Lo que te dije sobre el fin de semana era cierto, no la he invitado a venir.

–No me debes ninguna explicación.

–Sí te la debo –puso las manos en sus hombros y la obligó a mirarlo–. Madeleine juega en un torneo benéfico mañana. Ha descubierto que uno de sus caballos está cojo y necesita un sustituto.

–Y ha pensado en ti.

–Ha pensado en mí, el patrocinador del equipo, que no juega mañana y por tanto tendrá caballos disponibles.

–¿Por qué no juegas tú? –preguntó ella, más tranquila tras la explicación.

–Tengo otros planes.

Esos otros planes pulsaron entre ellos un largo momento. Isabelle vio, por la tensión de su mandíbula, que esperaba que objetara. Pero…

–¿Ibas a jugar? –preguntó ella, para asegurarse del todo–. ¿Hasta que surgieron esos otros planes?

–Sí.

–No tenías que hacer eso por mí. Habría disfrutado viendo un partido de polo.

–¿Con Madeleine jugando? –preguntó él, seco–. No me pareció buena idea.

–Ella no pretendía derribarme –aliviada, sintió cierta magnanimidad hacia Madeleine–. Sabía que tenía sitio de sobra.

–Pretendiera lo que pretendiera, fue una estupidez. No debería haberla aceptado en la cancha esta mañana. Ya estaba de mal humor.

–Porque no juegas mañana –adivinó ella.

–Por quién me sustituye –corrigió él.

–¿Es alguien que le cae tan mal como yo, o es que el sustituto no es buen jugador?

Él soltó una risa inesperada, muy sexy.

–Mi sustituto es el gran Alejandro Verón. Un jugador con *handicap* de diez goles.

–¿Es mejor que el tuyo?

–Es lo máximo. Mi hermano es profesional. Yo no juego lo bastante para estar a su altura.

Lo dijo sin arrogancia, pero con la seguridad de que si practicara más él también sería uno de los mejores. Isabelle se preguntó si habría algo que no hiciera supremamente bien. Un escalofrío la recorrió y él estrechó los ojos.

–¿Debería el caballo estar comiéndose tu guante? –preguntó ella lentamente.

–Puede que tenga hambre –miró al caballo, divertido–. ¿Has comido tú, Isabelle?

–Aún no –tenía hambre y no solo de comida.

–Regresemos a los establos y te invitaré al mejor
desayuno del condado.

El pub del pueblo estaba a un par de kilómetros. Podrían haber ido andando, pero tras volver a los establos,
ducharse y cambiarse de ropa, Cristo estaba muerto de
hambre. Agarró la mano de Isabelle y la llevó al garaje.

–¿Son todos tuyos? –preguntó ella al ver la colección de vehículos. Había hecho la misma pregunta
cuando entró en los establos y vio las cabezas que se
asomaban al pasillo central.

–Esta vez la respuesta es no –la condujo hasta su
Aston y abrió las puertas–. Este es mío. Los demás eran
de Alistair. Ahora son de Amanda y no tiene corazón
para venderlos.

Subieron al coche, que arrancó con un ronroneo. Él
le tocó la mano.

–Me alegra que hayas venido –dijo.

–¿Y si no lo hubiera hecho?

–Habría conducido a Londres. Te habría hecho
cambiar de opinión.

Desayunaron en el restaurante anexo al pintoresco
pub del pueblo, lleno de encanto inglés y clientes. El
desayuno fue tan bueno como Cristo había prometido.
Comieron y charlaron.

Isabelle se enteró de que Alistair había comprado

Chisholm Park con la intención fallida de hacer feliz a Vivi. Había hecho reformas y añadido los establos para Cristo, la piscina para Amanda y el lago para su esposa.

—¿Y para él? —preguntó Isabelle.

—Eligió este sitio por su cercanía a la sede central de Chisholm Air. Cuando el matrimonio le falló, la empresa que adoraba no lo hizo.

Cristo le habló del negocio; había heredado el amor de su padrastro por Chisholm Air, así como su dirección y sus acciones. Aunque Isabelle disfrutaba con la conversación, cada anécdota reforzaba la disparidad existente entre sus mundos y sus creencias.

Se recordó que su cinismo respecto al amor y al matrimonio y actitud respecto a los negocios no importaban. «Es un juego. Disfruta del momento».

Un vecino se acercó para preguntar por las posibilidades de los Chisholm Hawks en el torneo. Concluyeron que si el hermano de Cristo estaba en forma, ganarían por varios tantos.

—Te veré mañana —se despidió Will—, y a ti, Isabelle.

—Eso espero —dijo ella sonriente.

—Supongo que lo has dicho por cortesía.

—Sí y no —Isabelle se mordió el labio—. Mira, sé que no juegas y que lo hiciste por mí, pero por lo que ha dicho Will, es un torneo importante y más aún con la participación de tu hermano.

—Puedo ver a A.J. en cualquier momento —dijo él con indiferencia—. A no ser que tengas alguna razón para querer ir al partido de mañana.

—¿Aparte de conocer a tu hermano?

—No quieres conocerlo.

—¿Por qué no? —preguntó Isabelle—. ¿Os parecéis?

—Dicen que hay parecido, pero solo en apariencia. Yo soy el hermano bueno –dijo, con ojos chispeantes de humor.

—¿Y Alejandro es malo?

—De lo peor.

—¿Y por eso no quiero conocerlo?

—Por eso no quiero que lo conozcas –dijo él, posesivo. Ella sintió un cosquilleo en el vientre y pesadez en los pechos. Estaba segura de que el hermano bueno podría hacer que ella se sintiera muy, muy mala–. Ni tampoco voy a compartirte con todos los vecinos curiosos que se acerquen.

—¿No me querías para eso en la gala?

—Si no quieres que te recuerde exactamente lo que quiero –sus ojos llamearon–, mientras medio pueblo aguza la oreja para oírlo, sugiero que nos vayamos de aquí.

—¿Y entonces me lo dirás?

—Mejor que eso, Isabelle. Te lo demostraré.

Capítulo Doce

Se lo demostró con un beso apasionado en cuanto estuvieron en la intimidad del coche. Ardiente y cargado de deseo carnal y agresión controlada. Exactamente lo que Isabelle necesitaba para liberar su mente del continuo «¿qué demonios haces aquí?» que había resurgido mientras él se ocupaba de la cuenta.

Inhaló la mezcla de olor a cuero y a hombre y se rindió de inmediato, saboreando el sabor a café de su lengua. Un sabor que quedaría grabado en su mente junto con la batalla de lenguas y la intensidad del deseo que la devoraba por dentro.

Cuando él se apartó, la pasión latía en el ambiente y en las brasas de sus ojos.

–¿A casa? –preguntó él.

–Sí.

Tres palabras, las primeras desde que habían salido del restaurante, perfección en sí mismas. Se abrocharon los cinturones de seguridad y el Aston arrancó. Tuvieron que esperar a que una anciana pasara ante ellos y los dedos de Cristo tamborilearon en el volante, impacientes. Isabelle se preguntó si su deseo era igualmente obvio.

A pesar de que era sábado por la mañana, y la gente paseaba mientras ella viajaba en un Aston con un multimillonario, sentía confianza en sí misma. Pero también sabía que podía perder el control de sus emociones si se permitía pensar.

–¿Tienes música? –preguntó.

Él tocó un botón y el seductor ritmo de Ravel rellenó el silencio. Ella sonrió por la elección y cuando él alzó una ceja interrogante, le contó que el día de su llegada a Melbourne había pensado que era la música perfecta para su entrada.

–Ese día te vi bailando –dijo él. Ella lo miró sorprendida–. Tras una ventana. Pensé que no eras como esperaba.

–¿Qué esperabas?

–Belleza superficial, del tipo que solía atraer a Hugh.

–¿Y no te parecí una mujer para Hugh?

–No. Me pareciste una mujer para mí.

Agarró su mano y la colocó sobre su muslo. El deseo de ella se disparó con el contacto. Quería tener ambas manos sobre él, sin la barrera de tela vaquera, quería tener toda su atención cuando le pidiese que repitiera: «Una mujer para mí».

Aunque había sido muy consciente de su mirada mientras le enseñaba la casa, no se había permitido creer que era un interés personal. Que pudiera sentirse atraído por ella a pesar del uniforme gris. Cuando él apagó el motor debió de notar un destello de incredulidad en sus ojos, porque la miró con expresión grave.

–No estás pensándotelo mejor –aseveró. No fue una pregunta sino una afirmación.

–No –Isabelle tragó salvia, nerviosa–. Pero sería un buen momento para recordarme qué es lo que quieres, en concreto.

–¿Con palabras?

–Eso dependería de las palabras.

–Sin duda –dijo él con una mirada tan erótica que ella sintió que le ardía la piel. Cuando la miraba así las palabras no tenían importancia.

Desde el garaje al dormitorio él le explicó, con todo lujo de detalles, qué quería hacer con ella y dentro de ella. A mitad de la escalera, se detuvo para mirar su rostro enfebrecido.

–¿Tienes calor? –preguntó.

Ella consiguió murmurar un sí y él procedió a librarla del suéter y de la camisola en un solo gesto. Sentir el calor de sus manos en la piel casi hizo que ella cayera de rodillas. Le temblaron los muslos al verlo ensanchar las aletas de la nariz mientras contemplaba sus senos henchidos. Podría haberse derretido allí mismo si él no la hubicra alzado en brazos. Fue un gesto tan inesperado que se rio, sorprendida.

–No dijiste que querías llevarme en brazos.

–Sígueme la corrientc.

–Con gusto.

–¿En todos los sentidos? –preguntó él con expresión de macho satisfecho, en el descansillo.

Ella era puro fuego por dentro. Sonrió con sensualidad y los ojos de Cristo llamearon.

–¿Vamos a empezar en la escalera? –preguntó ella.

–En mi cama.

–¿Y dónde acabaremos?

–En el paraíso.

Ella rio. Una risa cascabelera que acarició cada célula del cuerpo de Cristo. Tenía la sensación de llevar excitado horas, días, semanas. Y podría seguir así, surcando la cresta del deseo hasta que no se tuviera en pie y la hubiera tomado de todas las maneras posibles. Un fin de semana no sería suficiente y eso lo impacientaba.

Abrió la puerta con el hombro, la cerró de una patada y el golpe apagó su deseo de gratificación inmediata. No quería ir deprisa, no la primera vez. Quería lo que había dicho por el camino.

«Que sea lento, profundo e intenso».

Giró para apoyarla en la puerta, sujetándola entre la pulsión de su cuerpo y la madera. La besó y se perdió en la dulce pasión de su boca y en la tortura de sus manos, que se habían introducido bajo su camisa para acariciar espalda, hombros y la curva de sus brazos. No era suficiente.

—Quítamela —jadeó, entre besos. Cuando ella le quitó la camisa sintió el peso de sus pechos cubiertos con encaje. La alzó más, lo suficiente para lamer la piel tensa y tironear de un pezón con los dientes. Ella gritó, anhelante y él complació su deseo, concentrándose en un pecho y luego en otro hasta que ella se retorció bajo él.

Necesitaba sentir el contacto de piel contra piel. Se moría por estar dentro de ella.

Isabelle lo aferró con brazos y piernas mientras la llevaba a la cama. Él apartó el cobertor y la depositó sobre las frescas sábanas. Se irguió para liberarla del sujetador, los vaqueros y las bragas y desnudarse él. Después se unieron con un chisporroteo de lujuria. La perfección de su cuerpo redondeado, la mezcla de vainilla y especias, el gemido que emitió cuando jugueteó con los dedos entre sus piernas, todo, toda ella lo volvió loco de deseo. No le daba tiempo a besarla en suficientes sitios, a acariciarla lo bastante, lo quería todo a la vez.

Cuando ella lo tomó en sus manos, fue con una mezcla de atrevimiento e inocencia que le hizo perder· el control. Besó su boca, sus senos, la curva femenina de su vientre y luego se apartó para ponerse protección. A su regreso, ella se arqueó hacia él, que agarró sus manos y las alzó por encima de sus cabezas mientras se situaba entre sus muslos y se hundía en su calor.

–Mírame –dijo, con voz gruesa, mientras se introducía más profundamente y empezaba a moverse con un ritmo lento que rozaba cada punto sensible. Sin dejar de mirarla a los ojos, besó su boca siguiendo el mismo ritmo sensual. Cuando ella arqueó la espalda con el primer espasmo del clímax, ya no pudo controlar su reacción. Todos sus músculos se tensaron y, con los dedos de ella aferrando los suyos, se dejó ir.

Isabelle odiaba el periodo de tiempo que seguía al sexo. No sabía cómo actuar, qué decir, si hablar o no. Para su mente inexperta, parecían acechar los peligros cuando la mente recuperaba la claridad y volvía a pensar. «¿He sido demasiado descarada, pasiva, exigente? ¿Debería preguntarle por las marcas de uñas que he dejado en sus manos? ¿Es mejor esperar a que hable o debería preguntar qué ocurrirá ahora?».

Eso sin tener en cuenta los aspectos prácticos, como recuperar su ropa. Había dejado que la desnudara en la escalera. Se sentó de un bote al pensar que Meredith podía encontrar sus cosas allí. Cristo no había dicho nada desde que había vuelto del cuarto de baño. Sintió su mano en la espalda.

–¿Qué ocurre? –preguntó él. Su voz sonó adormilada y eso le dio el coraje para darse la vuelta y
mirarlo.

–Acabo de recordar que mi ropa está en la escalera
–admitió.

–¿Y eso ofende a tu ordenada mente de ama de llaves? –preguntó él con ojos divertidos.

–Más bien pensaba en tu ama de llaves. No quiero
que recoja mis cosas o piense…

–¿Que estás pasando el día en la cama conmigo?
Estoy seguro de que Meredith no le daría ninguna importancia.

Isabelle se preguntó si sería porque estaba acostumbrada a que ocurriera. Sintió un pinchazo de celos y
desvió la mirada para ocultárselo.

–Preferiría que no encontrase mis cosas, nada más
–dijo, tensa. La mano que tenía en la espalda presionó
para que se tumbara de nuevo.

–A no ser que las dejes ahí hasta el lunes, nadie las
encontrará.

–¿Tus empleados libran en fin de semana?

–Este fin de semana, sí. Te lo dije, Isabelle, quería
que pasáramos estos días solos.

Había dado tiempo libre a sus empleados. Tal vez
porque pretendía desnudarla y tomarla en cualquier lugar de la casa. Se sonrojó al pensarlo.

–¿Tan seguro estabas?

–No –contestó él, pero su sonrisa y su postura deno-
taban confianza–. Más bien… esperanzado.

–¿Tus esperanzas incluían que acabáramos en la
cama después del desayuno?

–Esto ha arruinado mis planes para el día.

–¿Qué habías planeado? –preguntó Isabelle, sin ofenderse. Sabía que él bromeaba.

–Un largo paseo en coche.

–¿Para enseñarme Hertfordshire?

–Para tenerte entera para mí y conseguir que el Aston te hechizara. La panorámica se disfruta mejor desde un helicóptero –añadió–, sobre todo cuando uno lleva comida y aterriza donde quiere.

–Pues sí que tenías planes –dijo Isabelle.

–Pensaba que me costaría más trabajo –admitió él con ligereza. Esbozó una sonrisa ridículamente sexy y satisfecha–. Había planificado un día entero para cortejarte, Isabelle.

A Isabelle le gustó que utilizara una palabra tan anticuada y romántica. Pero no permitió que echara raíces; solo era una palabra. Su plan había sido cortejarla para llevarla a la cama, y no le habían hecho falta efectos especiales. Había bastado con el encanto de su lengua.

–No tienes que impresionarme con gestos grandiosos, ni con juguetes caros –le dijo.

–¿Ni siquiera el helicóptero?

–Ni siquiera.

–Ya veo –la sonrisa pasó de satisfecha a descarada; acarició su espalda–. Entonces, tendré que impresionarte de otras maneras.

–¿Implicarán salir de la cama?

Él trazó la curva de sus nalgas con los dedos. Una lánguida e incitante sugerencia de intención.

–No por mucho tiempo.

***

–Quédate –imploró Chessie el lunes por la mañana–. No hay razón para que no lo hagas.

Isabelle pensó que la única razón era el sentimiento de culpabilidad; cuando Cristo le había sugerido que se quedara en Chisholm Park hasta la boda había aceptado sin pensar en su hermana. Tal vez porque se lo había pedido mirándola a los ojos mientras la llenaba con la ardiente potencia de su deseo.

–¿Por qué no vienes aquí? –preguntó Isabelle–. No hay razón para que no lo hagas.

–Sí que la hay –contestó Chessie tras una leve pausa–. Colin tiene entradas para la Exposición Floral de Chelsea.

–¿Colin?

–Crash. Se llama Colin Ashcroft, y estoy harta de apodos. ¿Sabías que estudió con Cristo? Y es pintor. Es bueno de verdad.

Isabelle arrugó la frente, preocupada por la familiaridad entre Chessie y el mayordomo.

–¿No estás involucrándote demasiado con él?

–¿En el sentido romántico? Dios, no. Colin cuida de mí, como estoy segura de que le han ordenado que haga. Además, conoce a gente –enfatizó Chessie. Isabelle supo que se refería a Justin Harrington–. Prefiero sacarle información a enmohecerme en el campo.

Isabelle la convenció de que el moho no era una opción en Herting Green y Chessie accedió a ir la semana siguiente, después de ver la exposición y otras cosas imprescindibles.

Isabelle intentó no alegrarse egoístamente de no tener que compartir a Cristo y Chisholm Park durante una semana. Le encantaba el lugar y se sentía como en casa. Incluso cuando él estaba trabajando, a veces en la oficina, a veces allí, se sentía cómoda. Ayudaba a Meredith y al personal de los establos. Chloe le estaba enseñando a montar. Esas dosis regulares de realidad la ayudaban a equilibrar el cuento de hadas que implicaba ser amante de Cristo Verón.

Se obligaba a recordar que era algo pasajero que solo duraría hasta que se celebrase la boda, pero era difícil dadas las atenciones que tenía con ella. Ya el primer día él había capitulado llevándola a ver el torneo de polo.

Había disfrutado viendo a Cristo emocionarse y enorgullecerse con el juego de Chloe, la joven que había reemplazado a Madeleine en el partido.

—Es su justo castigo por la tontería de ayer —había dicho—. Os puso a ti y al caballo en peligro innecesariamente.

Chloe había estado a la altura, sin duda.

—Es buena —había dicho Isabelle, cuando adelantó a otro jinete. Cristo asintió e hizo un gesto de aprobación a su hermano, que aprovechó la jugada y marcó un gol. En pleno estruendo de aplausos, él la había besado. Un beso posesivo que la proclamaba su mujer ante cientos de ojos.

—¿Celebras así todos los goles?

—Tendrías que ver cómo celebro una victoria —había contestado él con una sonrisa cálida.

Isabelle lo había visto esa noche, cuando volvieron a casa y él le dijo que beber champán de su piel era más dulce que la victoria.

Otro día la había paseado en un helicóptero de Chisholm Air. Su empresa, al fin y al cabo, porque había admitido ser socio mayoritario. Esa confirmación de su riqueza lo ponía en otra estratosfera. Una en la que ella no encajaba sin máscara de oxígeno o uniforme de ama de llaves.

Después la había devuelto a la tierra llevándola a cenar al pub local, esa vez a pie, para presentarle a Giselle, la yegua que había estado a punto de morir mientras él estaba en Melbourne. Verlo acariciar su cuello y hablar afectuosamente del coraje y valor de la yegua la enterneció.

Otra tarde había llegado con una extravagante cesta de merienda y la había llevado a un rincón solitario, junto al lago. Después, introduciendo la mano bajo su falda, le había dicho que tenía entradas para la ópera, pero que había preferido estar a solas para aprovecharse de ella.

—Me alegro de no haber ido.

—¿No te gusta la ópera?

Isabelle había cerrado los ojos. No quería hablar, y menos de ópera. Quería que esos hábiles dedos se aplicaran a fondo en algo que le gustaba mucho. Pero se habían detenido y cuando alzó las pestañas vio que esperaba una respuesta.

—No me va el melodrama operístico —dijo—. Ya tuve más que suficiente en la infancia.

—¿Tus padres? —había preguntado él—. Háblame de ellos.

—Es una larga historia.

—Como muchas óperas.

—Pues se conocieron en la ópera. Trabajando. Mi madre era una soprano de cierto éxito, mi padre director de escena.

–Entonces, tu amor por la música no es accidental.

–Siempre hubo música –Isabelle encogió los hombros–. En casa y en continuas clases particulares: piano, teatro, solfeo, arte. Por suerte, ni Chessie ni yo teníamos el talento o el interés que hacían falta para dedicarse a eso.

–¿Por suerte?

Ella solía odiar hablar de su infancia, pero el sol y la mano que acariciaba su pelo la animaron a hacerlo. Él quería saber cosas de ella.

–No querría una vida como la de mis padres –afirmó con fervor–. Viajaban constantemente, a menudo separados, con distintas compañías. Ni siquiera tenían una casa.

–¿Viajabas con tu madre? –preguntó él.

–Cuando era un bebé, sí, pero luego tuve que empezar a ir al colegio y mi madre estaba embarazada de Chessie. Fuimos a vivir con mis abuelos en Melbourne, y fue un desastre –una sonrisa irónica curvó sus labios–. Discusiones continuas, sobre todo. Mi padre se marchó y mi madre empezó a trabajar de nuevo. Al final acabamos viviendo con nuestros abuelos.

–¿Qué pasó con tus padres?

–Venían de visita entre gira y gira, enviaban tarjetas y regalos en nuestros cumpleaños, pero luego mi padre murió. No sé qué ocurrió, pero tras el funeral hubo una enorme discusión, mi madre llegó con un hombre horrible, y no volvimos a verla. No pasó nada –se apresuró a añadir–. De hecho, por fin hubo algo de paz en la casa y la abuela… era maravillosa.

–Eso ya lo sabía.

–¿Por qué lo sabías? –intrigada, Isabelle se puso de costado y se apoyó en un codo.

–Te enseñó todo lo que sabes, y fíjate en lo bien que has salido.

Isabelle sonrió, incapaz de ocultar el placer que le provocaba el cumplido. Era un final perfecto para la conversación, un reconocimiento hacia la abuela que había adorado. Cuando él la atrajo y la besó, sintió una abrumadora oleada de emoción en su interior.

Lo amaba, no solo por esa tarde perfecta o por el vínculo que habían creado a lo largo de la semana, sino por todo lo que sabía de él. Su responsabilidad hacia su familia, su actitud protectora con Amanda, su consideración con sus empleados y sus caballos, su lealtad con los Delahunty y con la memoria de su padrastro. Incluso su exasperación con Vivi reflejaba su afecto. Cada día descubría una nueva faceta, y solo había arañado la superficie de lo que era Cristo Verón.

Aún tenía mucho que descubrir y sintió cierto pánico al pensar que el idilio acabaría pronto. Pero entonces él deslizó las manos de sus muslos a sus nalgas y un beso apasionado abrasó su ansiedad, dejando solo la verdad más pura.

Lo quería, y eso era suficiente de momento.

Capítulo Trece

–¿Esperas visitas?

Chloe señaló la entrada con el taco e Isabelle giró en la silla, con cuidado porque temía asustar al caballo. Vio un coche apareciendo y desapareciendo tras los árboles. Esa noche Cristo volaba a Rusia; tuvo la esperanza de que volvía a casa temprano. Pero no era el Aston Martin.

–Mi hermana –le dijo a Chloe. Era típico de Chessie llegar un día antes, sin avisar. Le encantaba la idea de sorprender a Chessie con su recién adquirida destreza. Con pantalones de montar y botas, un préstamo de Chloe, hasta daba la imagen correcta–. ¿Vamos a recibirla?

–Claro –Chloe hizo girar a su caballo, silbó a su perro, Otto, para que las siguiera, y lideró la relajada marcha de vuelta a la casa, al paso. Isabelle aún no sabía controlar el trote.

–Tu hermana no viaja ligera de equipaje, ¿eh? Comentó Chloe, por encima del hombro.

El conductor añadió otra maleta al montón que había junto a la escalera. Isabelle movió la cabeza.

–Creo que no es Chessie –de hecho, supo que no lo era incluso antes de que una elegante desconocida apareciera ante su vista.

Desde lejos no tenía ningún parecido físico con Cristo, pero Isabelle intuyó que era su madre.

–Es Vivi –confirmó Chloe–. Me pregunto qué hace aquí.

–Otra emergencia relacionada con la boda, supongo.

–Podría ser –Chloe sonrió con descaro–. O puede que haya venido a echarte un vistazo.

–No –protestó Isabelle con voz débil–. No tiene ninguna razón para hacer eso.

–Eres la primera mujer que Cristo ha traído aquí. Imagino que eso es razón suficiente.

A Isabelle se le desbocó el corazón. Era la primera mujer que iba allí. Que Vivi lo supiera, cuando quería que él se casara con Madeleine, explicaría su repentina aparición.

–¿Quieres ir a saludar? –preguntó Chloe.

–¡Cielos, no!

Antes de poder reírse de su horrorizada respuesta, el sonido de un helicóptero hizo que Otto ladrara y girase en círculos. Chloe estrechó los ojos, mirando al cielo.

–La caballería ha llegado. ¡Estás salvada!

La caballería se limitaba a una persona: la adecuada. Con los nervios desbocados, Isabelle corrió del establo al helipuerto. Necesitaba que la reconfortara. Lo habría conseguido si hubiera dicho que Vivi había reclamado su presencia para comentar algo relativo a la boda y, tras un beso, había puesto un brazo sobre sus hombros para llevarla «a conocer a su madre».

Pero Isabelle lo había visto bajar del helicóptero y tensarse. Algo en su postura la había inquietado y le impidió correr hacia él.

Tal vez fueran las gafas de aviador, o la rigidez de sus labios, o la tensión de su mandíbula. O que hubiera llegado en helicóptero para atender a la llamada de su madre. Fuera lo que fuera, la asolaron las dudas. Llevaba una semana con él y se había permitido creer que podía encajar en su vida. Allí de pie, con ropa de equitación prestada, se sintió un fraude y una tonta. Ella encajaba mejor con Meredith en la cocina y con Chloe en los establos.

Habría vuelto a los establos si Meredith no hubiera aparecido haciéndole señas para que fuera a la casa. Antes de entrar se quitó las botas; los pantalones le estaban muy justos y llevaba la camiseta sucia. Iba a subir a cambiarse, pero antes de que llegara a la escalera sonó el teléfono. Meredith salió de la cocina con una bandeja de té y, al verla, suspiró con alivio.

—¿Podrías llevar esto a la sala, Isabelle? Esperaba una llamada de Colin. Debe de ser él.

No pudo negarse. Arrastró los pies de camino a la sala. La puerta estaba abierta y se oían dos voces. Vivi se quejaba de forma melodramática.

—Mi hijo es propietario de la mitad de los aviones privados del país —rezongó—, y yo me veo obligada a utilizar una aerolínea comercial.

—Nadie te obligó.

—Tú lo hiciste, escondiéndote aquí con esta Isabelle de la que todo el mundo habla. Por supuesto, tenía que ver la razón del alboroto.

—Estás dándole demasiada importancia a esto —dijo Cristo con voz fría.

—Madeleine me dice que trabaja limpiando casas. ¿Es verdad? —preguntó su madre.

—Sí —dijo Isabelle—. Es verdad.

Años de práctica acudieron en su ayuda; se dirigió a la mesita de café en silencio, no se oyó ni un tintineo de porcelana o cubertería de plata. Dejó la bandeja en la mesita y se dispuso a servir.

–¿Té, señora…? –dejó el nombre en el aire, porque no conocía el apellido actual de Vivi.

–Marais –dijo la mujer, con una sonrisa más cálida de lo que Isabelle esperaba. De cerca tenía un cierto parecido con su hija e, igual que los de ella, sus ojos chispearon con interés al mirarla–. Pero tú, Isabelle, llámame Vivi, como mis hijos.

Siguió una breve e incómoda pausa. Isabelle había esperado frialdad e incluso hostilidad de Vivi, su amabilidad la desconcertó.

–Hablando de hijos –intervino Cristo, con voz suave pero ojos cargados de irritación, mientras se acercaba a Isabelle y la instaba a sentarse–. ¿Dónde está tu nuevo chico?

–Patrizio tiene una exposición –contestó Vivi, sin inmutarse por el dardo de su hijo–. Vendrá dentro de unos días. Yo regresé antes porque no podía esperar para conocer a tu Isabelle.

Cristo masculló algo en un idioma extranjero.

–No seas grosero –saltó Vivi.

–Aprendí mis modales de ti, madre.

–Tonterías, ambos sabemos que tus modales son mucho mejores que los míos –se volvió hacia Isabelle–. ¿Asistirás a la boda? Mi hijo no me lo ha dicho, pero Amanda dice que irás. Tendremos que reorganizar las mesas, pero no es problema.

–Amanda ha sido muy amable al invitarme, pero no he decidido…

–¿Por qué no ibas a ir? –interrumpió Vivi. Miró de Isabelle a Cristo–. Ay, ¿he metido la pata? Cuando Amanda me dijo que Isabelle te acompañó a la gala Delahunty y que la habías traído a tu casa, naturalmente supuse que era más que una aventura.

–Sea lo que sea, no es asunto tuyo –dijo Cristo, seco–. ¿No te necesitan en Sussex? Eres imprescindible para la organización de la boda.

–Todo está listo –dijo Vivi–, según esa planificadora que no se ha ganado la tarifa que cobra. Si surgen problemas los solucionaré desde aquí. Entretanto voy a disfrutar de unos días de descanso con Isabelle y contigo. Ahora, el té. ¿Lo sirves tú, Isabelle?

Externamente, Cristo siempre había mantenido una fachada de indiferencia; había descubierto que era la única manera de librarse de Vivi cuando clavaba los dientes en algo. Si no conseguía crear un drama, se aburría y se iba. Por desgracia, había elegido clavarlo en su relación con Isabelle en un momento en que él no podía permitirse el lujo de retrasar su viaje a Moscú.

Odiaba tener que dejar a Isabelle, reduciendo a la mitad el tiempo que le quedaba con ella antes de la boda del sábado. Si fuera posible la habría llevado con él, pero era una negociación delicada, no sabía dónde iba a alojarse y encima se añadía el problema de Vivi. Desde que había recibido el mensaje, demasiado tarde para impedir la llegada de su madre, estaba echando humo por dentro.

Su obsesión por acostarse con Isabelle le había hecho olvidar lo obvio. Amanda, Madeleine y mucha más gente mencionaría a Isabelle a Vivi; debería de haber anticipado su reacción. Él no llevaba a aventuras pasajeras a Chisholm Park ni a torneos de polo. No paseaba de su mano por el pueblo, ni las besaba en el patio del pub local.

Vivi había conocido a Isabelle y le había dado su aprobación. Cristo se estremeció. No se fiaba de ella en las mejores circunstancias; una Vivi complaciente exacerbaba sus sospechas. Había llevado a Isabelle a Chisholm Park para huir de su familia y sus maquinaciones.

Isabelle se había excusado hacía un rato, alegando que tenía que quitarse la ropa de montar. La encontró saliendo de la ducha y poniéndose la ropa interior. De encaje azul. La imagen lo distrajo hasta que ella se puso una camisa azul y empezó a abotonarla. Si no hubiera sido por la urgente necesidad de cambiar de planes, habría cruzado la habitación para desabrochársela.

—Pediré al chófer que te lleve a Londres —dijo—. Puedes pasar estos días en Wentworth Square.

—¿Por Vivi? —preguntó ella, compuesta.

—¿A ti qué te parece?

—Que no me crees capaz de lidiar con ella.

—No te traje aquí para que tuvieras que lidiar con mi familia —apuntó Cristo—, y menos con mi madre, que te habrá tomado medidas para el vestido de novia antes de que yo vuelva.

—Estoy segura de que podré impedir a tu madre que reserve la iglesia —movió la cabeza y rio con suavidad—. No te preocupes por eso. Estoy acostumbrada a los clientes difíciles y…

—No eres el ama de llaves.

–Si quieres que me vaya… –lo miró fijamente– estaré lista en cinco minutos.

Cristo no tuvo más remedio que dejar que se quedara. Después le desabrochó la camisa, la arrinconó contra la cómoda y utilizó dedos y boca para llevarla a un rápido y estremecedor clímax. Cuando, finalmente, le quitó la braga de encaje y se enterró en su sedoso calor se inclinó para susurrarle al oído.

–Esta es la razón de que estés aquí y por la que te quedas. Esto es por lo que haré cuanto esté en mi mano para volver cuanto antes. Para que estés aquí, en mi cama, cuando regrese.

Cristo había creído que el sexo lo tranquilizaría; que dejaría clara la base de su relación. Pero su insatisfacción escaló desde el momento en que dejó Chisholm Park. No era ningún cavernícola y lo incomodaba que Isabelle hubiera aceptado sus órdenes sin protestar.

Y lo incomodó aún más que sus intentos de hablar con ella para pedirle disculpas fracasaran.

Por la mañana había estaba montando con Chloe, después comiendo con Vivi; cuando no contestó a su llamada nocturna, lo dominó la necesidad de saber que estaba bien. Que ni su brutalidad ni el temperamento exigente de Vivi la habían llevado a huir. Llamó a Crash, que no sabía nada, excepto que Chessie seguiría en Londres con él unos días más.

Fustigándose por su falta de previsión al no haberle dado a Isabelle un teléfono móvil, paseó de arriba abajo hasta que Meredith contestó al seco mensaje que le había dejado.

—No hay por qué preocuparse —aseguró ella—. Isabelle y Vivi se llevan de maravilla. Han ido a Londres a reunirse con Amanda. Algo que ver con pruebas de vestidos en la modista.

La explicación no mejoró el agravio de Cristo. Se imaginó a Vivi obligando a Isabelle a hacer su voluntad. Apretó la mandíbula y marcó el número de Amanda. Ella contestó adormilada, pero al notar su tono irritado, inició una larga explicación.

—Supongo que estás molesto por el cambio de dama de honor, pero no tenía otra opción. Necesitaba a alguien que pudiera ponerse el vestido sin tener que alterarlo mucho. Iba a pedírselo a Madeleine, pero no podía arriesgarme a emparejarla con Alejandro. Ya sabes lo mal que se llevan —suspiró—. Pero Isabelle es perfecta.

—¿Como dama de honor? —Cristo juró para sí.

—La hermana de Harry se ha caído del caballo. Se ha roto la clavícula y dislocado el hombro. Gia dijo que iría con el brazo en cabestrillo, pero su madre se niega. Vivi sugirió a Isabelle como sustituta y, por una vez, ¡ha acertado!

—¿Ha tenido Isabelle la opción de opinar?

—Nos costó convencerla —admitió Amanda—. No quería asistir a la boda, creo que por culpa tuya. ¿Tienes miedo de que se haga ideas?

—No —contestó él—. Isabelle es demasiado sensata para eso.

—Sensata y muy capaz. Ojalá hubiera estado aquí mientras planificaba la boda. Mañana va a hablar con los del catering para comprobar que todo está solucionado. Y le ha concertado a Vivi una cita en el salón de belleza a la misma hora, es lista. No deberías dejar que se te escapara.

Cristo había pasado una semana con Isabelle y no necesitaba la aprobación de su familia. Tampoco necesitaba que le cantaran sus virtudes como si fuera la mujer perfecta para él.

—Te permito inmiscuirte en muchas cosas –dijo, seco–, pero mi vida amorosa es cosa mía.

—Ya, pero me preocupa que quiera volver a Australia. A pesar de que Bill y Gabrielle Thompson le han ofrecido trabajo.

Cristo se quedó helado. Él no sabía nada de la oferta de trabajo ni de planes de futuro. Había supuesto que ella esperaría hasta que Francesca solucionara su situación.

—Lo sé porque esta noche los vimos en el Ritz –aclaró Amanda–. Por lo visto, Isabelle trabajó para ellos en Australia, el año pasado, y le ofrecieron empleo. Al verla le hicieron una oferta en firme, pero dijo que iba a volver a Australia.

—Es su hogar –dijo Cristo. Después de colgar se sintió vacío e impotente. De repente, el contrato Antovic importaba menos que estar donde debía: en casa, con Isabelle. Protegiéndola de su familia y convenciéndola para que se quedara después de la boda.

Capítulo Catorce

Isabelle no recordaba haber accedido a ser dama de honor, pero allí estaba, envuelta en un vestido rosa de cuento de hadas, con encaje y bordados de perlas. Por lo visto ella y Georgina Harrington tenían una altura y un cuerpo similares y el vestido, junto con los accesorios, había llegado a Chisholm Park en limusina.

–Puedo ampliarlo un poco aquí –decidió Vivi, tironeando de un punto de la espalda que Isabelle no veía. Le daba igual, la interesaba más el hecho de que Vivi hiciera el arreglo. Hasta ese momento había dado trabajo y ofrecido sugerencias, pero no había hecho nada.

–¿Coses? –preguntó.

–De maravilla –el rostro perfectamente maquillado de Vivi apareció desde detrás de la voluminosa falda–. Fui aprendiz en Saville Row. Allí conocí a mis dos primeros maridos.

–Espero que no al mismo tiempo –dijo Isabelle, sin poder evitar su expresión de sorpresa.

Vivi se echó a reír y se sentó en los talones.

–Si Alistair hubiera estado en la misa habitación que Juan Verón no me habría fijado en él, y eso habría sido una auténtica lástima –capturó los ojos de Isabelle en el espejo–. Todo lo bueno de Cristo viene de Alistar. Era un hombre muy bueno. Demasiado bueno para mí.

Isabelle bajó la mirada hacia la falda, para ocultar

sus emociones. En los últimos días había conseguido esquivar las preguntas personales de Vivi, pero en ese momento estaba atrapada por el voluminoso vestido y la gravedad de los ojos oscuros de la mujer. No había escapatoria.

—No soy mala del todo –siguió Vivi–, pero he tomado algunas decisiones impulsivas que no siempre fueron las mejores para mi familia. Mi corazón se desboca y soy una mujer egoísta. Cuando dejé a Juan, no quiso que me llevara nada.

Isabelle intuyó que no se refería a objetos, pero decidió asegurarse.

—¿Ni siquiera a tus hijos?

—Intenté llevármelos, pero Alejandro se escapó. Tuve que elegir: irme con un hijo o devolverle a Cristo a su padre y marcharme sin ninguno. Cristo no entendió por qué tenía que dejar su hogar y a su hermano, odiaba este gris y feo país. Pero yo tenía la esperanza de que mi egoísta corazón hubiera hecho la elección adecuada.

—¿Por qué me estás contando esto?

—Sospecho que Cristo no lo hará y quiero que entiendas –desde el suelo, Vivi tocó la mano de Isabelle–. Es cuanto ves y mucho más, Isabelle, tiene mucho amor que dar. Pero temo haber arruinado su opinión del amor y el matrimonio. Es un hombre y por eso es testarudo. Es mi hijo y por eso es cínico. Si lo amas, Isabelle, necesitas saberlo. Nada más.

Tras el arreglo, Vivi y su equipaje pusieron rumbo a Sussex. A Isabelle, Chisholm Park le pareció cavernoso y vacío; tenía demasiado tiempo para dar vueltas a lo que había averiguado.

Vivi no había mencionado sus siguientes matrimonios ni cómo habían afectado a Cristo. Cada vez que Vivi entregaba su egoísta corazón a otro hombre, su hijo tenía que seguirla. Una nueva casa, un nuevo país y gente desconocida. Era lógico que asociara el amor con trastorno, cambio y pérdida. Quizá nunca lo superara, sobre todo porque no tenía necesidad. Ya tenía muchas cosas: su empresa, su hogar, sus caballos, su familia, tal vez no deseara más.

Isabelle se sintió dolida al comprender que apenas le había hablado de su vida. A pesar del tiempo que habían pasado juntos, los largos paseos y las conversaciones en la cama, solo había rozado superficialmente su pasado.

Fue a su dormitorio, el que había ocupado la noche de su llegada, donde había guardado sus cosas. Solo había dormido allí una vez, pero había mantenido la habitación como una especie de red de seguridad. La había utilizado después de la llegada de Vivi, para esconderse. Allí la había encontrado Cristo cuando quiso enviarla de vuelta a Londres y ella se había resistido.

Dos días después, su compromiso con Cristo y su familia llegaría a su fin. Era hora de empezar a pensar en su futuro. De llamar a Miriam para confirmar el siguiente contrato, de hacer el equipaje. El cuento de hadas se había acabado.

Cuando Cristo llegó a casa, Meredith salía. Le dijo que su madre se había ido después de comer e Isabelle estaba arriba, haciendo las maletas.

—¿Contento de estar en casa?

–Ni te imaginas cuánto.

Cristo deseó correr escaleras arriba, pero se controló. Tenía la determinación de convencer a Isabelle para que se quedara.

Si estaba haciendo las maletas debía estar en el dormitorio que había insistido en mantener como suyo, y allí fue donde Cristo encontró rastros de su presencia. La maleta negra estaba abierta sobre la cama, rodeada de montones de ropa doblada. Él echó un vistazo y supo que algo iba mal.

Alzó la ropa interior de algodón blanco que nunca había visto antes e inspeccionó el contenido de la maleta. Todo era sencillo y modesto. No había lencería de encaje, seda o gasa. Nada comprado en Nina, nada que pareciera adecuado para el fin de semana de la boda.

Alzó la cabeza al percibir que ella se acercaba. Ella se detuvo en el umbral del cuarto de baño. Sus ojos verdosos se ensancharon con sorpresa y un destello de alegría. Odió ver cómo lo ocultaba y el que lo recibiera solo con una sonrisa.

–No te esperaba hasta mañana.

–¿Por eso estás haciendo las maletas?

Ella encogió los hombros y entró.

–Me sentía un poco perdida y decidí empezar. No sabía a qué hora saldríamos mañana.

–Extrañas elecciones para una boda –dijo él, pasando la mano por una pila de camisetas.

–Esas son mis cosas.

–Ya lo veo.

–Para cuando me marche.

Fue un intercambio inocuo, pero su serenidad al recoger las bragas que él había tocado y guardarlas en la maleta fue como gasolina para el humor incendiario de Cristo.

–Háblame de eso –dijo, cruzando los brazos sobre el pecho–. ¿Cuándo te marcharás?

–Depende de Chessie, pero después de la boda. He hablado con Miriam y tiene un trabajo para mí el fin de semana que viene.

Cómo limitaba su saludo a una sonrisa.

–¿Y el trabajo con Bill y Gabrielle Thompson?

–¿Cómo sabes...? –lo miró con sorpresa y resopló–. Amanda. No importa. No he aceptado.

–¿Por qué no? –insistió él–. ¿Y si tu hermana se queda en Inglaterra para tener el bebé? ¿Has considerado esa posibilidad?

–No puedo hacer planes basados en posibilidades. Ni puedo arriesgar mi empleo.

–Como ama de llaves.

–¿Qué quieres decir con eso? –Isabelle alzó la cabeza y lo miró, irritada.

–Que puedes hacer eso en cualquier sitio, como demuestra la oferta de los Thompson.

Irritada y dolida por el desprecio manifiesto hacia su empleo, Isabelle se esforzó por mantener

la compostura. Podrían acabar discutiendo; había notado que él buscaba pelea en cuanto lo vio. No podía mantener una batalla verbal con él sin correr el riesgo de revelar sus sentimientos.

–Tengo casa en Melbourne –dijo con calma.

–Podrías tener casa aquí.

–¿Estás diciendo que quieres que me quede? –a pesar de sus buenas intenciones, se le encogió el estómago de anhelo.

–Sí –afirmó él–. Eso digo.

–¿Para hacer qué? –inquirió ella. Hablaban a largo plazo, no de una semana de cuento. Tenía que asegurarse de los detalles de esa realidad–. Si aceptara el empleo con los Thompson tendría que vivir y viajar con ellos. Y cuando tú, Vivi o Amanda fuerais a una de sus cenas, os recibiría en la puerta y os serviría. ¿Es eso lo que…?

–No –dilató las aletas de la nariz y sus ojos destellaron puro fuego–. No vivirías con esa gente y te querría sentada a mi lado en la mesa.

–¿Qué estás pidiéndome? –consiguió decir ella con voz ronca.

–Que te quedes conmigo.

–No tengo dinero, ni ingresos… –Isabelle se humedeció los labios con la lengua.

–No los necesitas. Te daré cuanto necesites.

La tomó de los hombros y la acercó lo suficiente para que sintiera el calor de su cuerpo. Isabelle tuvo que hacer acopio de toda su fuerza de voluntad para no rendirse a la tentación.

–Me estás pidiendo que me quede como tu amante, con gastos pagados –vio en sus ojos que era verdad y fue como un puñetazo en el estómago–. ¿Qué haría todo el día mientras estás trabajando y de viaje? ¿Ir al salón de belleza, ponerme guapa, esperar a que vuelvas con joyas y más ropa cara?

–Te gustan los establos. Puedes ayudar a Chloe y seguir con las lecciones de polo.

–Eso serían vacaciones, Cristo, no una vida –mantuvo su mirada un momento, observando su tensión. Después se liberó y volvió a su maleta. Había sido una tonta por esperar más de él.

–¿Qué buscas, Isabelle? ¿Una proposición?

A ella se le erizó el vello de la nuca. Soltó una risa aguda y poco convincente.

–Claro que no. Hace menos de un mes que te conozco.

–Algunas mujeres consideran que es tiempo suficiente. Confunden la lujuria con amor.

Isabelle tensó los hombros. La injusticia de esa comparación la airó y se volvió hacia él.

–Puede, pero yo no soy Vivi. Conozco la diferencia y no espero una proposición tuya.

–¿Ni siquiera que te proponga que sigamos como ahora? Si lo prefieres, tendrá tu propia casa.

–Gracias, pero no. Esto siempre fue temporal, hasta la boda. Quiero conservar mi empleo y mi orgullo. No podría siendo una mujer mantenida. Ahora, por favor, déjame seguir con el equipaje.

Todo en Cristo gritaba que no. Quería doblegarla, hacerle ver la razón y borrar la expresión gélida de su rostro. Pero no sabía qué más podía ofrecerle para que se quedara. Si lo hubiera desafiado o hubiera exigido algo, habría sabido cómo reaccionar, pero no sabía qué hacer ante una petición tan simple y compuesta.

«Déjame seguir con el equipaje».

Se dio la vuelta y dio unos pasos antes de ver lo que quedaba en el armario. El vestido rojo que había lucido en la gala. La chaqueta que llevó cuando fueron al pub andando. El alegre vestido de verano del día que merendaron junto al lago. Oyó el chasquido de la maleta al cerrarse.

–Has olvidado esto –dio unos pasos, agarró todas las perchas y las lanzó en la cama. Volvió para abrir cajones y recoger ropa interior, zapatos y bolsos, todo lo que le había comprado.

—Para —dijo ella. Horrorizada, lo observó tirar otro montón a la cama—. ¡He dicho que pares!

—Es todo tuyo, Isabelle. Parte del trabajo.

—Era mi uniforme. Ya no lo necesito.

—Ni yo tampoco.

Cristo dio un paso atrás y contempló la evidencia de su petulancia; deseó darse de bofetadas. Isabelle se dio la vuelta, pero él captó el brillo húmedo de sus ojos. Era un bruto. Había actuado como un niño a quien le quitaran su juguete favorito, pero no podía verla llorar. Ella empezó a recoger el desastre que había montado.

—Déjalo —dijo. Ella siguió ordenando y la obligó a apartarse de la ropa y la cama. Sentirla tensarse bajo sus manos y ver su mirada de angustia fue demasiado para él. La atrajo contra su cuerpo y la rodeó con los brazos—. Perdóname —le murmuró al oído—. Tienes razón. No quería oírte decir que no. Quería que dijeras que sí y al imaginar tu partida perdí el control.

Fue cuanto se le ocurrió decir, pero sentía sus cálidas lágrimas en la camisa y tenía que ponerles fin. Acarició su espalda y se inclinó para besar su rostro. Sintió cómo la tensión se relajaba bajos sus manos y ya no pudo detenerse. La apretó contra él y sus caricias cambiaron de intención. No había otra forma de demostrarle lo bien que encajaban, de transmitirle la profundidad de sus sentimientos.

No se resistió a que la desnudara ni a que la tumbara sobre el lío de ropa. Cuando le hizo el amor con lenta intensidad, respondió con los gemidos de placer habituales, pero sus ojos destilaban tristeza y él sentía la proximidad de lo inevitable rozando el borde de su conciencia.

«Y si esta es la última vez? ¿Y si no vuelves a probar la dulzura de su boca y de su piel? ¿Y si no vuelves a experimentar esta increíble conexión?», se preguntaba.

–Quédate –susurró contra su piel húmeda, ya tarde, por la noche. Isabelle se acurrucó contra su cuerpo y escuchó sus promesas. Le compraría una casita en el campo. Le encontraría trabajo o la ayudaría a crear su propia empresa si lo prefería. Cada promesa servía para subrayar su riqueza y su posición, y reforzaba la convicción de Isabelle: tenía que marcharse.

Solo un regalo le haría cambiar de opinión, uno que no costaba nada pero que temía que él no le haría nunca.

Su amor.

Capítulo Quince

La boda fue cuanto Isabelle había esperado y temido. Un bello, maravilloso, triste y emocionalmente agotador viaje en una montaña rusa, que empezó antes de que llegara a la iglesia. Caminó hacia el altar, en su papel de dama de honor, intentando no llamar la atención, en especial del hombre que había junto al novio. Justin Harrington no había llegado al ensayo y era la primera vez que veía a la aventura de una noche de Chessie. Alto, rígido y distante, no prestó ninguna atención al avance de las damas de honor.

Una a una, ocuparon sus lugares y después, tras un sonido de trompetas, oyó el crujido de los bancos cuando los invitados se volvieron para ver la llegada de la novia. De reojo, Isabelle vio a Hugh tomar aire y, tras él, la expresión gélida de su hermano. Solo había oído cosas buenas sobre el responsable y entregado Harrington primogénito, pero su frialdad le provocó un escalofrío. Volvió a mirar a Hugh que sonría con orgullo y amor contemplando el avance de su futura esposa. A ella se el encogió el estómago.

Eso era lo que ella anhelaba, no el anillo, los vestidos, las rosas y la música, sino el significado de la ceremonia y la expresión de Hugh.

Las lágrimas le atenazaron la garganta, pero se dijo que era normal en una boda. Podía ocultarlas tras una sonrisa de felicidad simulada. Parpadeando, volvió la cabeza y vio a Cristo entregar a su hermana a su nueva vida. Cuando se apartaba alzó la mirada hacia Isabelle y captó su anhelo por tener algo así con él.

Había sido una tonta al pensar que podría aguantar el día sin desvelar la intensidad de sus sentimientos. No había huido a tiempo y tendría que aguantar. Le habría gustado llevar encima su iPod para no oír los solemnes votos.

Pero la música no le habría impedido ver la sonrisa resplandeciente de Hugh cuando el ministro los declaró marido y mujer. Nada habría apagado su grito de alegría cuando agarró a Amanda por la cintura, la alzó y la hizo girar en el aire con júbilo triunfal. Siguió un aplauso espontáneo de los invitados e incluso Isabelle rio.

Después llegó la salida de la iglesia, las fotos y una interminable fila de gente que quería expresar su enhorabuena. Había pensado que el banquete sería más llevadero, pero no había contado con el interés que sentían todos por ella y por cómo había conocido a Cristo. Alguien, supuso que Vivi, había adornado la historia y todas las mujeres le decían que era muy romántico y preguntaban si había otra boda en el aire. Isabelle deseaba gritar la verdad: «Tiene cuanto quiere, ¿por qué iba a casarse conmigo?»

A su lado estaba Alejandro Verón. Guapísimo y todo un seductor, debería de haber sido el acompañante perfecto. Pero no la excitaba como su hermano y la incomodaba su interés por su aventura con Cristo, era obvio que no había dado crédito a la versión de Vivi. Sus preguntas parecían buscar una razón para el interés de Cristo y al final ella habló con claridad.

–No tenemos muchos intereses en común, aparte del sexo.

–Eres una realista –dijo él con aprobación, conduciéndola a la pista de baile para unirse al vals nupcial–. Veo que no te impresiona todo este rollo de la boda.

Ella pensó que era mejor actriz de lo que creía. Las clases de su infancia habían tenido sus frutos.

–Eso es bueno –decidió Alejandro, rodeándola con los brazos–. Manejarás bien a mi hermano.

Normalmente, Cristo aceptaba bien sus obligaciones, sobre todo si eran de orden familiar. Pero ese día lo alejaban de Isabelle cuando más necesitaba estar cerca y recordarle lo bien que encajaban juntos. No habían cruzado más de diez palabras y él estaba odiando su papel de anfitrión. Ni siquiera tras cumplir con las tradiciones de la recepción pudo relajarse y disfrutar de la fiesta que había pagado. Todos querían felicitarlo por el espléndido evento mientras él anhelaba arrancar a Isabelle de los brazos de su hermano.

–Parece que Alejandro y ella se caen bien –comentó Vivi, que bailaba con él. Se había dado cuenta de que la mirada de su hijo les seguía por la pista–. Se nos ha ganado a todos, tu Isabelle.

–Va a volver a Australia.

–¿Le has pedido que se quede? –preguntó su madre, tras perder el paso un momento.

–Sí. Le he ofrecido casa, trabajo, su propio negocio. He hecho todo menos suplicar.

–Entonces quizá haya llegado el momento de que te arrodilles ante ella.

No estaba sugiriéndole que suplicara, pero la noción del matrimonio como solución era risible proviniendo de Vivi. Durante el intercambio había dejado de ver a Isabelle, pero la encontró de nuevo, bailando con Justin Harrington.

La suerte había estado de su parte. La llegada de Harrington en el último momento no había dado lugar a presentaciones ni a decirle que Isabelle Browne era una de las damas de honor. Cristo consiguió ver el rostro de Isabelle. Necesitaba ser rescatada urgentemente.

Vivi no protestó cuando interrumpió a la otra pareja. Pasando de un hombre a otro, agarró la mano de Justin y lo alejó de ellos con destreza.

—Gracias —dijo Isabelle, temblorosa.

—Vivi tiene sus momentos.

Ella intentó sonreír, le temblaron los labios.

—¿Lo sabe?

—Alguien estaba hablando y oyó mi nombre. Tuve que decirle lo de Chessie.

—¿Le dijiste que está embarazada?

—Solo que está aquí, en Chisholm Park. Lo demás no es cosa mía contarlo.

Aliviado, él la acercó a su cuerpo y besó su mejilla. Un leve contacto que anhelaba. El resto de ese baile era para que él lo disfrutara.

Las emociones de Isabelle habían ido subiendo de nivel a lo largo del día y sentía una enorme presión que luchaba contra su máscara de compostura. Bastó el leve beso de Cristo para derrumbarla. Se estremeció de pies a cabeza.

–¿Estás bien? –le preguntó él al oído.

Isabelle negó con la cabeza. Podría haber culpado a Justin, pero estaba harta de mentiras y de esconder sus sentimientos. Cuando él se apartó para alzar su rostro y mirarla a los ojos, no mintió.

–Tenías parte de razón –dijo. Pasó los dedos por su mandíbula–. Algunas mujeres se enamoran en menos de un mes.

Él alzó la cabeza reflexivamente y ella desvió la mirada para no ver la expresión de sus ojos.

–Tranquilo. No hace falta que digas nada. Solo quería que lo supieras.

Una vez dicho, necesitaba espacio para respirar y recomponerse, tal vez para recriminarse por su sinceridad. Aprovechó que una pareja chocó con Cristo para liberar su mano e irse.

El convencimiento de que la seguiría pidiendo explicaciones, e incluso utilizaría su vulnerabilidad para hacerle cambiar de opinión, puso alas en sus pies. Salió al laberinto de jardines, se quitó los zapatos y echó a correr.

No se detuvo hasta que los setos detuvieron su progreso, se sentó en un banco. Jadeaba y inclinó la cabeza para inspirar profundamente, notó que una lágrima caía sobre el vestido. No se había dado cuenta de que estaba llorando.

–¿Problemas en el paraíso?

Reconoció la acidez de la voz sin alzar la cabeza. De más de doscientos invitados, tenía que haberse encontrado precisamente con Madeleine. No contestó. Isabelle notó que se acercaba.

–Si también quieres huir, hay una puerta cerca.

Eso sonó bien, y cuando el crujir del vestido siguió su camino, Isabelle alzó la cabeza. Con los zapatos en una mano y el bolso en la otra, Madeleine iba hacia el extremo del jardín.

Se tambaleó y los zapatos y las llaves del coche se le cayeron al suelo. Isabelle se enderezó.

–¿No pensarás conducir?

–No pienso ir andando a casa.

–Dado que ni siquiera puedes andar derecha, no me parece buena idea –dijo Isabelle, alarmada.

–¿Tienes alguna mejor? –preguntó la otra mujer, aún intentando recuperar sus pertenencias.

–La verdad es que sí –Isabelle sonrió al recordar dónde estaba la casa de Madeleine. Toda una ironía –se levantó y extendió la mano–. Dame las llaves del coche, yo conduciré.

Se había ido, Cristo no sabía cómo, pero Isabelle había desaparecido. Solo había encontrado sus zapatos, unas sandalias altísimas, en los escalones de la terraza. En la habitación que habían compartido la noche antes de la boda, encontró el vestido de dama de honor y una nota insultantemente breve: «Gracias por todo. Isabelle».

Eso lo irritó lo bastante para ir a buscarla a Chisholm Park, pero ella se le había adelantado. La maleta con sus cosas había desaparecido; la ropa de Nina estaba colgada en el armario. No había una segunda nota.

Él decidió buscarla y encontrarla. No sabía si conseguiría hacerle cambiar de opinión, ni si lo que tenía que ofrecer bastaría para compensar su comportamiento cuando volvió de Rusia.

Pero la idea de una vida sin Isabelle se le hacía infinitamente más larga y gris que su primer invierno en Inglaterra, y sabía que terminaría por ofrecérselo todo y más para no perderla.

A Isabelle le costaba creer su inesperada buena suerte. Madeleine había resultado ser una cómplice excelente, no solo ayudándola a escapar de la boda, sino ofreciéndole alojamiento en la casita de la playa de su familia.

—¿Por qué me ayudas? —le había preguntado con suspicacia.

—Dejas a Cristo. ¿Por qué no iba a ayudarte?

Al final había aceptado el ofrecimiento porque era su única opción. Justin Harrington había llegado a Chisholm Park antes que ella, había recogido a su hermana y se la había llevado a Londres. Chessie confiaba en que encontrarían una solución, pero Isabelle estaba preocupada. No podía marcharse de Inglaterra sin saber que Chessie tenía planes sólidos y buenos para ella, no solo para el aristócrata de ojos fríos.

La casita de los Delahunty estaba en un tranquilo pueblo de Cornualles, junto al mar, e Isabelle se sentía como en casa caminando por la playa y las cimas de los acantilados. Paseaba a diario mientras consideraba sus opciones. Si su hermana se quedaba en Inglaterra, le gustaría quedarse cerca. Podría encontrar trabajo como cocinera, pero odiaba la idea de encontrarse con Cristo. O con Vivi, Amanda o Madeleine.

Cuando se cansaba del runrún de sus pensamientos, se ponía los auriculares y escuchaba música. Por eso no había oído el helicóptero que llegaba del este y se preparaba a aterrizar. Por eso no la sorprendió llegar al final de la playa y verlo al pie de la escalera que subía hasta la casa. Incluso desde lejos supo que era él, por su postura, por cómo empezó a andar.

Se quedó parada mientras él acortaba la distancia entre ellos. No pensó en echar a correr, ni siquiera en quitarse los auriculares y apagar la música. Solo oía el tronar de su corazón.

Él se detuvo ante ella, alto e increíblemente atractivo. Unas gafas sol ocultaban sus ojos. Extendió la mano y le quitó los auriculares.

—¿Cómo me has encontrado? –preguntó ella.

—Siguiendo el rastro de zapatos.

Isabelle arrugó la frente. Él sacó una chancla del bolsillo y se la mostró.

—¿Es tuya? Las he encontrado en la escalera.

—Me refería a aquí, en Cornualles.

—Eso fue bastante más difícil –dijo, solemne.

—Lo siento.

—¿En serio? –alzó una comisura de la boca, casi una sonrisa, pero tensa–. Pensaba que pretendías que lo fuera.

Por supuesto era así, pero él la había desconcertado apareciendo de la nada. La disculpa había sido una respuesta automática, sin sentido.

—Supongo que Chessie te dijo que estaba aquí.

—Solo después de arrancarme una promesa.

—Ah –Isabelle intentó recordar qué le había dicho a Chessie, qué podía haberle exigido ella–. ¿Qué has prometido?

—Que no te romperé el corazón.

El corazón de ella seguía acelerado por la impresión de verlo allí, pero esa respuesta lo llevó a un frenético galope de miedo y esperanza.

—¿Cómo puedes prometer algo así?

—Tenía que hacerlo. Te escapaste, Isabelle.

—Seguro que no estás acostumbrado a que las mujeres huyan de ti.

—No después de decirme que me quieren, no. ¿Eso es lo que dijiste en la boda, no?

—No tenías por qué hacer promesas vanas —dijo ella, ignorando la pregunta—. Chessie tendría que haberte dicho que voy a quedarme un tiempo, al menos hasta que decida dónde va a tener al bebé. Luego decidiré qué hacer.

—Me lo dijo —se subió las gafas de sol, sus ojos ardían con determinación y algo más que ella no supo definir—. No he venido a hacer promesas vanas, Isabelle. He venido a preguntar por qué no me diste opción a contestar antes de huir.

—No quería que dijeras algo que no sentías.

—Espero no ser un hombre que dice cosas que no siente, aunque esa última semana he pensado mucho lo que necesitaba decirte, Isabelle. He pensado en mi vida sin ti y mi vida desde que te conozco —alzó una mano a su mejilla—. Tal vez el color que das a mi vida sea amor.

—¿Tal vez? —consiguió susurrar ella, esperanzada—. ¿Estás dispuesto a arriesgarte a romperme el corazón basándote en un tal vez?

—Cuidaré de tu corazón, Isabelle, si tú cuidas del mío.

—No soy de las que se enamoran y desenamoran. Para mí esto es serio, una vez y para siempre, la única que he sentido esta locura. Por favor, no me engañes. No ofrezcas nada si no estás seguro de que soy la mujer para ti, no porque me desees ahora y las semanas que pases en Chisholm Park, donde encajo, sino también en todas las partes de tu vida en la que no encajo.

—Encajamos perfectamente, Isabelle Browne.

—En el campo, los establos y la cama, sí.

—Algo que preferiría que no compartieras con mi hermano en el futuro —estrechó los ojos.

Isabelle abrió la boca y la cerró de nuevo.

—A mi familia le gusta hablar y entrometerse. Les encanta el drama. Pero esta vez tienen razón. Eres la mujer para mí, Isabelle. No puedo ofrecerte la vida pacífica que prefieres, pero sí darte el hogar que anhelas y ofrecerte mi corazón.

Para asombro y júbilo de ella, apoyó una rodilla en la arena.

—No tienes por qué hacerlo si no estás seguro.

—Estoy seguro —dijo él con amor—. Eres mi luz, Isabelle, la mujer con quien quiero despertarme cada mañana y hacer el amor cada noche. ¿Serás mi esposa, en lo bueno y en lo malo?

—Sí —contestó ella, arrodillándose ante él. Él tomó su rostro entre las manos y sus labios se rozaron con un beso—. Para siempre, sí, por favor.

Deseo

Rendidos a la pasión
Karen Booth

Anna Langford estaba preparada para convertirse en directora de la empresa familiar, pero su hermano no quería cederle el control. Cuando ella vio que tenía la oportunidad de realizar un importante acuerdo comercial, decidió ir a por todas, aunque aquello significara trabajar con Jacob Lin, el antiguo mejor amigo de su hermano y el hombre al que jamás había podido olvidar.

Jacob Lin era un implacable empresario. Y Anna le dio la oportunidad perfecta de vengarse de su hermano. Sin embargo, un embarazo no programado les enfrentó al mayor desafío que habían conocido hasta entonces.

Lo que empezó como un simple negocio,
se convirtió en un apasionado romance

¡YA EN TU PUNTO DE VENTA!

Acepte 2 de nuestras mejores novelas de amor GRATIS

¡Y reciba un regalo sorpresa!

Oferta especial de tiempo limitado

Rellene el cupón y envíelo a
Harlequin Reader Service®
3010 Walden Ave.
P.O. Box 1867
Buffalo, N.Y. 14240-1867

¡Sí! Por favor, envíenme 2 novelas de amor de Harlequin (1 Bianca® y 1 Deseo®) gratis, más el regalo sorpresa. Luego remítanme 4 novelas nuevas todos los meses, las cuales recibiré mucho antes de que aparezcan en librerías, y factúrenme al bajo precio de $3,24 cada una, más $0,25 por envío e impuesto de ventas, si corresponde*. Este es el precio total, y es un ahorro de casi el 20% sobre el precio de portada. !Una oferta excelente! Entiendo que el hecho de aceptar estos libros y el regalo no me obliga en forma alguna a la compra de libros adicionales. Y también que puedo devolver cualquier envío y cancelar en cualquier momento. Aún si decido no comprar ningún otro libro de Harlequin, los 2 libros gratis y el regalo sorpresa son míos para siempre.

416 LBN DU7N

Nombre y apellido	(Por favor, letra de molde)

Dirección	Apartamento No.

Ciudad	Estado	Zona postal

Esta oferta se limita a un pedido por hogar y no está disponible para los subscriptores actuales de Deseo® y Bianca®.
*Los términos y precios quedan sujetos a cambios sin aviso previo.
Impuestos de ventas aplican en N.Y.

SPN-03   ©2003 Harlequin Enterprises Limited

Una promesa de venganza, una proposición del pasado, un resultado inimaginable...

Cuando Sophie Griffin-Watt abandonó a Javier Vázquez para contraer matrimonio con otro hombre, él se juró que encontraría el modo de hacerle pagar.

Sophie estaba desesperada por obtener la ayuda de Javier para salvar a su familia de la ruina, pero la asistencia que él le brindó tenía un precio: el hermoso cuerpo que se le había negado en el pasado.

El delicioso juego de venganza de Javier parecía el único modo de conseguir olvidarse de Sophie de una vez por todas. Sin embargo, cuando descubrió la exquisita inocencia de ella, ya no pudo seguir jugando con las mismas reglas...

JUEGO DE VENGANZA
CATHY WILLIAMS

Una semana de amor fingido

Andrea Laurence

Tenía que fingir ser la novia del soltero Julian Cooper. Habría mujeres que se emocionarían si se lo pidieran, pero no Gretchen McAlister. Su trabajo consistía en organizar bodas, no en ser la novia del padrino, pero después de la ruptura de Julian con su última y famosa novia, salir con Gretchen, una chica normal, era una perfecta estrategia publicitaria.

Julian estaba en contra del plan hasta que conoció a Gretchen. Hermosa y sincera, incluso después de su cambio de aspecto, su nueva novia le hacía desear algo más, algo verdadero.

¿Qué pasa cuando una falsa novia se vuelve verdadera?